黒猫とショコラトリーの名探偵

角川文庫
24370

もくじ

黒猫とショコラトリーの名探偵

登場人物紹介

新家《にいのみ》 明《あきら》

瀬橋《せばし》大学、情報科学科、
集積分析研究室所属の青年。
生成AI『ゾーイ』を
自ら開発した天才科学者。

6《ろく》

明が飼っている黒猫。
元々は恵大の事務所の
大家が拾った猫。
金銅色《アンバー》の瞳と艶やかな
毛並みが特徴。

志貴恵大《しきけいた》

ショコラトリーの2階に
事務所を構える私立探偵。
名探偵達に憧れているが、
舞い込む依頼は
飼い猫捜しばかり。

イラスト：伊東七つ生

第一話　猫と科学者

1

吾輩《わがはい》は猫でなくてよかった、と熟《つくづく》思う。

志貴恵大《しきけいた》は脳内に毛筆で綴《つづ》るが如く、気取った調子で独りごちた。

大きな窓から差し込む朝日は上質なレースのカーテン越しに一層優しく、春先の肌寒さが鼻の頭を冷やしたが、全身を包む毛布の温かさをより幸せに感じさせる。

そして、この香り。

恵大は冷たい鼻先をスピスピと鳴らした。

甘い芳醇《ほうじゅん》なチョコレートの香りが鼻腔《びこう》から芯《しん》まで満たす。

起き抜けのコーヒーにボンボンを一粒添えようか、ミルクを温めてホットチョコレートにするのが良いか。否、ここは定番、貴婦人の御好意に甘えさせて頂こう。

恵大はベッドから足を下ろし、ひんやりした床を踏んで寝室を横切ると、クローゼットの扉を開き、人差し指をネクタイハンガーに走らせた。

色は控えめだが柄と生地にはこだわったネクタイ達の中から、今日の気分に合わせて赤みが勝った濃紫のペイズリー柄を選ぶ。白シャツは肌触りの良い天然の綿製、スーツは遊び心を取り入れたダブルで、ブラウンのチェック柄が幾分か華奢《きゃしゃ》な体型を逞《たくま》しく底上げしてくれた。

「あ、寝癖」

恵大の柔らかい髪質はふかふかの枕にも負けがちである。この所為《せい》で学生時代は同級生に散々揶揄《からか》われたが、花も張り合う二十七歳、今は緩いパーマを当てた洒落《しゃれ》たセットと言い張れるだろう。そう願いたい。

暗いリビングを経由して洗面所で顔を洗い、ジャケットを羽織る。

真新しい革靴で階段を下りる足取りは羽の様に軽い。

一階に近付くにつれてチョコレートの香りにパンの焼ける馨《かぐわ》しさが加わって、恵大は心を誘われるまま最下段を飛ばして着地すると、意気揚々とクリスタルビーズの暖簾《のれん》を潜った。

「おはようございます」

「あら、探偵さん。おはようございます」

白基調の明るいダイニングで、白髪の女性が上品に振り返った。

「今日は朝食を召し上がるお時間はあって？」

「雅乃《まさの》さんとの食事を棒に振るに値する用事など、この世に幾つもないですよ」

恵大は彼女の手からランチョンマットを引き受けて、テーブルに二枚、向かい合わせに広げた。

彼女は長門《ながと》雅乃、恵大が暮らす住居兼事務所の大家だ。

三鷹《みたか》という好立地に居を構えるには数年の準備期間で蓄えた貯蓄では心許《こころもと》なく、僅《わず》かな資本と高額な家賃の乖離《かいり》で苦悩する彼に、良心的な条件で部屋を提供してくれたばかりか、こうして朝食を御馳走《ごちそう》してくれるのだから故郷の両親に匹敵する恩人である。

「卵は両面焼きね。パンにチョコレートを載せましょうか」

「何度も言うようですが、僕はいい大人ですよ」

「私《わたくし》から見れば孫も同じです。皆には内緒にしてあげますから、素直に今食べたいと思う方を仰《おっしゃ》って」

「……では、ビターチョコで」

「粉砂糖も振りましょうね」

雅乃に善意しかないのが救いであり、抗《あらが》えないところでもある。

歴史と文学史に名を連ねる先人方に倣い、探偵かくあるべしと知的でクールな紳士を志す身だが、新人ということで少々は御容赦頂きたい。

「パンが焼けるまでお手伝いする事があれば」

「そうねえ」

雅乃はトースターの扉を開けて、少し考えてから、あ、と口を開いた。

「玄関に荷物が届いているの。お店の方に運んでおいて頂ける？」

「朝飯前です」

「まあ、お上手」

恵大は冗談のつもりではなかったので、雅乃に拍手をされて、気恥ずかしさでダイニングを飛び出した。

階段の前で廊下は左に折れて、正面と左側に扉が現れる。正面は木製の玄関扉、左側はガラス窓に二重の十字格子を嵌《は》め込んだ黒い扉だ。雅乃が言う荷物とは、壁際に積み上がった段ボール箱の事だろう。

恵大は左の扉を開けてドアストッパーを嵌め、動線を確保した。

途端に強くなる甘い香り。

恵大が猫でなくて幸運だったと思うのはこの為である。

段ボール箱を運び入れる先は小さな店だ。前面が弧を描くガラスのケースには金色のトレイが並び、様々な形のボンボンショコラが陳列されている。店に灯《とも》りが点れば宝石然とキラキラ輝くに違いない。

丸テーブルの上に置かれた空の籠《かご》は、開店前にはブラウニーやフォンダン・ショコラでいっぱいになる。因《ちな》みに恵大のお勧めはチョコナッツマフィンだ。チョコレートの塊《チャンク》と複数の種類のナッツがふんだんに使われていて、少し粗目の生地との歯応《はごた》えの調和が楽しい。

　猫にはチョコレートが毒だと言う。

　もし恵大が猫だったら、この家に住めないところだった。

「幸運も探偵に欠かせない重要な要素だな」

　あとは、冒険譚《たん》にもなり得るような華々しい依頼が舞い込めば完璧《かんぺき》なのだが。

　恵大は段ボール箱を残らずガラスケースの陰に積み終えて、じっくり肘《ひじ》を伸ばしてから、息を吐いてダイニングに戻った。

「終わりました」

「ありがとう。ちょうどパンが焼けますよ」

　雅乃が食パンを移した磁器の皿をテーブルに置く。

　こんがり焼けた耳は狐色、チョコレートの表面は天鵞絨《ビロード》の様に深く滑らかに光り、縁が溶けてじゅわじゅわと泡立つ。カカオの香りはより濃厚だ。

　雅乃が小さな粉篩《こなふるい》で粉砂糖を降らせる。

　ランチョンマットの上には目玉焼きとベーコン、生野菜が待ち構えていた。

「はい、牛乳。どうぞ召し上がれ」

「頂きます」

　恵大は雅乃の対面に腰を下ろし、両手を合わせてお辞儀をした。

　静かなダイニングで湯が沸く音が心地好《よ》い。カトラリーの音も耳に障るに及ばず、真夜中の静寂とは打って変わって朝の空気は全てを穏やかに感じさせる。日中は通りを走る車に人の声、工事の音と、喧騒《けんそう》が店を街の一部に取り込むが、今この部屋はまだ世界と繋《つな》がらないまま。早朝はまさに静と動の狭間《はざま》だ。

「探偵さんは今日もお出かけ？」

雅乃が玉子の白身とベーコンを切ってフォークで刺す。

恵大の喉《のど》にパンの欠片《かけら》が触れて噎《む》せた。

「ええ、まあ。偶々《たまたま》、本当に偶々、飼い猫捜しの依頼が何件か重なってるんです。普段はそんな事はないんですけどね、全く」

「御家族がいなくなって、さぞ胸を痛めていらっしゃるでしょう」

雅乃が悲しげに白眉《はくび》を顰《ひそ》めるので、恵大は喉の閊《つか》えを咳払《せきばら》いで去《い》なした。

一時の見栄より、依頼の大小を語る方が探偵として恥ずべき行為だ。

難解な謎や凶悪犯人に立ち向かうだけが本分ではない。依頼人の為に全力を尽くし、あらゆる事件を華麗に解決してみせるのがあるべき探偵の姿である。──往年の名探偵達への憧《あこが》れは消せないが。

「必ず見付けますとも。特に黒猫は目立ちますから、人の記憶にも残り易い」

「黒猫？」

「勿論《もちろん》、黒猫以外も捜しますよ。最新の依頼を思い出してつい」

恵大が慌てて付け加えると、雅乃が微笑んで椅子を引いた。彼女は戸棚からティーポットを下ろし、茶葉の蓋《ふた》を開ける。

「瀬橋《せばし》大学の辺りを通る事があったら、知り合いを訪ねてみてもらえないかしら」

「雅乃さんのお知り合い……教授の方ですか？」

戸棚を閉める音が若干大きく鳴って、雅乃が肩を竦《すく》める。手が滑ったようだ。彼女は両手をぱっと開いてはにかみ笑いをすると、ポットに熱湯を注いだ。

「以前、店先で黒い仔猫《こねこ》を拾った事があるの。うちでは飼えないから知り合いに引き取ってもらったのだけれど、お話を聞いてどうしているか気になって」

「成程」

「様子を見てきて頂くという依頼をお願い出来ますか？　依頼料と達成報酬も御規定通りに請求してください」

「いやいや」

恵大は頬張ったトマトを咀嚼《そしゃく》の途中で飲み下した。

「お世話になってる分、手伝いをすると最初に言い出したのは僕の方です。お知り合いと猫に会うくらい朝飯ならぬ昼食前ですよ」

「申し訳ないわ」

「それに好奇心旺盛《おうせい》な学生達の目撃証言にも期待出来ます。一石二鳥です」

チョコレートパンに牛乳がよく合う。

「お紅茶は？」

「もう行きます。美味《おい》しかったです」

恵大は食器を重ねて食洗機の前に運ぶと、雅乃の前で紳士的に敬礼した。

「御馳走様《ごちそうさま》でした」

「はい。行ってらっしゃい」

淹《い》れたての紅茶が爽《さわ》やかな湯気を上らせた。

2

瀬橋大学が通称セバスと呼ばれるのは、何代目かの学長が入学式の挨拶《あいさつ》で一言目に校名を嚙《か》み、皆が震えて堪《こら》える中、学長自ら高らかに笑い出して、会場が哄笑《こうしょう》の渦に包まれた件に由来するという。

駅からは広い公園を突っ切るのが近道だ。

横断歩道を渡って校門でガラス張りの校舎を望み、恵大はスマートフォンの着信メッセージを開いた。雅乃から送られたテキストには、

『情報科学科、集積分析研究室、新家明（にいのみあきら）』

とある。

授業中だと言うのに午前の構内を歩く学生の姿は多く、恵大の年齢を考えれば辛うじてまだ溶け込めそうなものだが、流石にスーツは馴染《なじ》まない。

銀色の案内板で情報科学科の場所を確認する。研究室は各階の東に纏《まと》められているようだ。情報科学科は二階、後は行けば分かるだろう。

有名な建築家が手がけた校舎は自然との一体化を謳《うた》っているらしい。表から見るとガラス張りの外壁が空を映して景色を反復し、建物の中に入れば明るく開放的で、春風さえ感じられそうだ。

ラウンジは海外のカフェと見紛《みまが》う寛《くつろ》ぎの空間を実現し、講義室は湾曲した席が教壇を囲んでまるで劇場である。

研究室はスウィートルームかヴィラか。

「ここだな」

恵大は扉に掲げられたプレートを確認して、軽く握った拳《こぶし》でノックをした。

二拍を数えて今一度。

「入りたければ入ってどうぞ」

投げ遣《や》りな返事が入室を促す。

余り良い印象ではない。が、雅乃の知り合いで、猫を引き取った人格者である筈《はず》だ。猫を育てるには生涯で二百万から三百万円かかると言われている。気紛《きまぐ》れや酔狂で出来る事ではない。

「失礼します」

恵大は襟を正してドアノブを捻《ひね》った。指先で静電気がパチと弾《はじ》けた。

スウィートルームかヴィラか。恵大の予想は完膚なきまでに裏切られた。倉庫だ。床から目の高さまで積み上げられた本、棚から雪崩を起こして床に折り重なったままのファイル。何より狭い。

廊下を歩いて来る間、通過した扉はどれも等間隔に並んでいた。素直に考えれば扉間の距離が部屋の間口と等しくなる筈だが、この部屋はその半分もない。

それに、妙な音がする。誰もいない夜の公園で聞こえる、鼓膜を微《かす》かに圧迫するような、けれどその正体を確かめようと耳を澄ます頃には脳が継続的なノイズとして排除して聞こえなくなる音。こうしている間にも聴覚がそれを捉《とら》えられなくなっていく。

「？」

林立する本の塔のひとつと目が合う。

そこに鎮座していたのは、一匹の黒い猫。

筋肉質な身体はしなやかで毛並みは艶《つや》やか、座する姿には気品がある。金銅色《アンバー》の瞳《ひとみ》が凍るような冷静さで恵大を捉えて、驚く視線を釘付《くぎづ》けにした。

「誰？」

猫が喋《しゃべ》った、ように聞こえた。恵大が狼狽《うろた》えて答え倦《あぐ》ねると、声は再び、今度は出所も明確《はっき》りと尋ね直した。

「対応が必要な用事なら一分待ってもらえます？　作業中」

籠《こも》ったような声がボソボソと言う。

本の後ろに誰かいる。この部屋に入った時から、妙な寒気が四肢に絡んで動きを鈍くする。恵大は猫と本の塔を迂回《うかい》して部屋の奥へと進んだ。

「こんにちは」

「シィ」

こちらに一瞥《いちべつ》もくれる事なく沈黙を要求される。

椅子に胡座《あぐら》をかき、机に向かっていたのは、恵大が想像していたよりずっと若い青年だった。とは言え、研究室を持つくらいだから、若々しく見えるだけで年齢はずっと上なのだろうと考えを改める。

マッシュカットの黒髪が上瞼《うわまぶた》にかかって印象を定めさせないが、横顔に見る通った鼻筋と形の良い唇はギリシャ彫刻に似て、恵大にはない精悍《せいかん》さを湛《たた》える。一方で、白衣を纏《まと》った背中は丸まって、ストイックさは微塵《みじん》もない。ゆったりしたサルエルのパンツも雰囲気にゆとりを持たせるのだろう。

彼は胡座の足に開いたファイルを捲《めく》ってはキーボードを打つ。何かのデータ入力をしているようだ。

一分、二分、数えるのを止《や》めて早十分。

彼は漸《ようや》く手を止めて大きく伸びをすると、ペットボトルの水で喉《のど》を潤した。

「6《ろく》」

呼びかけに応《こた》えて黒猫が彼の膝《ひざ》に飛び乗る。

彼は猫の顎《あご》を撫《な》でて表情を緩め、不意に恵大の方を見た。視界の端に入って漸く気付いたとばかりに。

「え、誰？」

「十倍待たせてそれ？」

「何処から来たの、その数字。怖」

「一分待てと言われたから待っていたんだが？」

恵大は初対面を忘れて語調を荒らげた。自分の方が筋が通っているのに、暴論で押し切られるのは我慢ならない。

「えー」

対する当の本人は自覚がないようで、目を丸くしている。

(雅乃さんの知り合い。猫の引き取り手)

恵大は力業で心を鎮めて、声のトーンを半音下げて整えた。

「長門雅乃さんの遣いで新家明さんに会いに来ました。志貴恵大といいます」

「はいはい、雅乃さんの。恵大君ね」

「貴方《あなた》は？」

「お察しの通り、あたしが新家明です。よろしく」

彼は黒猫を抱え上げ、椅子をこちらに回転させた。

正面から見ると思いの外、目力が強い。黒曜石を埋め込んだような瞳に凝視されて萎《い》縮《しゅく》しそうになる気持ちを、恵大は胸を張る事で物理的に前に押し出した。

「雅乃さんが、黒猫は元気にしているかと」

「突然またどうして。まさかお体を壊したり……」

「違います」

「嘘だったら三代末まで祟《たた》りますよ」

新家明が胡乱《うろん》な眼差《まなざ》しで恵大を斜《はす》に見る。

「ペナルティが重過ぎるでしょう。じゃない、ただ、僕が探偵で」

「ほう。探偵さん」

言わなくて良い事を口走った気がした。

恵大は誤魔化す道を考えたが、新家明と黒猫は揃って目を光らせている。

大学で研究職に就く人には変わり者が多いと聞くが、新家明の『あたし』という落語や洒落《しゃれ》話にでも似合いの一人称も相俟《あいま》って、矢鱈《やたら》と心の奥底まで覗《のぞ》かれているかのような据わりの悪さに囚われる。

恵大は引くに引けなくなって、渋々言葉の先を継いだ。

「猫捜しの依頼が珍しく立て込んでいると話題にした所為《せい》で、不安にさせてしまったのだと思われます。様子を見て来て欲しいと頼まれました」

「へえ。探偵さんってリアルに猫捜しとかするんだ」

「珍しくです。今月に限って偶然、いや本当に今月は多いんです」

言い訳めいてしまったが、実際の話、先月に比べて件数は増えている。口コミで噂が噂を呼んでいるのかもしれない。改めて考え始めると違和感さえ覚えるほどに。

「──多いなあ」

これでは猫に忙殺されて他の依頼が入る隙もない。そも入る兆しもないが。

恵大の口からぼやきが零れる傍らで、新家明と猫が顔を見合わせた。

「雅乃さんの不安、強《あなが》ち杞憂《きゆう》とも言い切れないですね」

「でも、新家さんの猫は御無事でした」

「6」

「はい？」

「ロクです、猫の名前」

恵大が黒猫の顔を見ると、素っ気なく鼻筋を背けられる。フォルムは美しいが、可愛げがない。

何かを察知したように、黒猫がサルエルの膝から本の塔に飛び移る。

「お見せしましょう。情報科学科、集積分析研究室の叡智《えいち》を」

新家明は椅子を再び机の方へ回転させて、無線のキーボードを引き寄せた。

3

パソコンの薄型モニターに簡素なウィンドウが表示される。

恵大のスマートフォンに搭載されたブラウザの検索画面より飾り気がない。縦長の窓の中はのっぺりとしたダークグレーの空白で、底部に文字を打ち込むボックスが一行だけある。だが、それすらも枠線が薄く無反応で、非アクティブ状態だと分かった。

「ハイ、ゾーイ」

新家明の声に応えるように、空白部に『201』と文字が浮かび上がって、テキストボックスが入力可能になった。

システムと入れ替わりで固まってしまった恵大に、新家明が人差し指と中指を揃えてモニターを示す。

「研究室の名前は表に書いてあったでしょ。情報の集積、及び分析をする場所。これは更にその先、情報の解析――つまり、情報の構造を詳《つまび》らかにした後、論理的に原因の究明を行います」

「そのパソコンで?」

「あたしが作った生成AI『ゾーイ』です」

「せいせいえーあい……」

恵大の苦手分野だ。不可解な存在は、目にするだけで頭を圧迫して思考能力を低下させる。

「簡単に言えば、詰め込んだ情報を一定の条件で出力する篩《ふるい》です。プログラムと異なるところは、自律思考を挟むので応用が利くけど、間違える事もある。要するにちょっと人間に近い」

「機械が間違ったら危ないじゃないですか」

「単一の結果を求める作業にはプログラムを使います。それに、AIは情報を集めれば集めるほど精度が上がる。人間を超える事は理論上可能です」

恵大とて全く知らない訳ではない。

写真の背景から被写体以外の通行人を消したり、監視カメラで不審な動きを検知したりと既に人々の生活に広く活用されており、恵大も知らずと世話になっている事は想像に難くない。

だが、企業の問い合わせ窓口に設置されたAIチャットは回答が何処かずれているし、閲覧履歴からのお勧め商品が琴線に触れた覚えもなかった。

「所詮《しょせん》、最後には人間がチェックしなくちゃいけない叩《たた》き台でしょう」

「人間は間違いを犯さないと？」

新家明の声音が挑発的に呼吸を溜《た》める。恵大が咄嗟《とっさ》に唇を結ぶと、彼は画面に向き直った。淀《よど》みない打鍵《だけん》音がワルツのリズムを奏でる。

「集合知の偉大さを思い知り、その恩恵を受けてきたのは人間ではないのですか」

「確かに」

「情報の集積から精製される一雫《ひとしずく》にどれほどの価値があるか。例えば、地形、天気、交通情報、人間の行動パターンに纏《まつ》わる統計」

新家明がテキストボックスに次々と文字を打ち込み続けている。恵大の思考はまだ出遅れたままだ。ワルツのステップは止まらない。

「監視カメラの警戒ログ、過去の類似事件、関係者のデータ」

「！」

彫刻の様な横顔が微《かす》かに笑みを含む。

「無尽蔵の記録を学習したゾーイが導き出す可能性は、警察の捜査をも凌《しの》ぐと思いませんか？　探偵さん」

新家明が黒目だけを動かし、モニターの端に映る恵大を見た。

「安楽椅子探偵は、情報科学の真骨頂です」

彼とゾーイ、どちらを指しているのだろう。

どちらでも異存しかない。

「人間を侮らないでもらえますか。情報を得たところで推理は門外漢でしょう」

「AI門外漢の貴方に是非の判断が付くので？」

「お言葉ですが、先生こそ科学を履き違えているのでは？　パソコンに向かってるだけの人に白衣は不要でしょう。形から入って虚勢を張っていないと研究者として認めてもらえないのだと自白しているも同然だ」

恵大は肩を怒らせて言い返した。勢いで言い過ぎた自覚はあったが、苛立《いらだ》ちの方がまだ大きい。

新家明は、怒鳴り返しはしなかった。寧《むし》ろ、口角を上げて笑みを広げると、白く尖《とが》った犬歯を覗かせた。

「ふふ、面白い」

「何を笑っているんですか」

「敢《あ》えてひとつだけ言うとしたら、柄スーツに強い柄のネクタイは止《や》めた方がいいですよ。上級者でも乗り熟《こな》すのが困難なじゃじゃ馬です」

恵大は真っ赤になって声を失った。先程発した自身の言葉がブーメランとなって舞い戻り、我が身に突き刺さる。ぐうの音も出ない。

新家明の視線は既に前を向いて対話の文字を連ねていた。

空白だった画面が新家明の問いとゾーイの応答で徐々に埋まっていく。

「今月に入って、市内では飼い猫の失踪《しっそう》件数は僅《わず》かながら増加傾向にあるようです。前年比、前々年比で見ても多いから、季節の影響とは考え難い」

「不自然な増え方をしてるみたいな言い様ですね」

「先月まで飼い猫がいなくなっても捜す人が少なかったという解釈も出来ます」

その方が不自然だ。

しかし、となると俄《にわ》かに浮上するのが事件性である。

「誰かが猫を拐《さら》っている？」

「地図と地形情報、失踪した猫の自宅と行動範囲を割り出して入力します。犯人の足取りから得られる偏向は、連続犯罪では重要な鍵《かぎ》ですからね」

「そのくらい僕だって分かります」

「でしょうね」

だが、恵大が現実にそれらの情報を集め、地図にピンを刺して視覚化するには数日を要するだろう。悔しいが、速度ではゾーイに負ける。

（もしかして雅乃さん……俺をこの人に会わせる為に？）

恵大の脳裏に彼女の知的な顔が過《よぎ》った時だった。

「出ました。イレギュラーな外れ値を除いて、中心点は――」

新家明が前髪の下で数ミリ、瞼《まぶた》を持ち上げる。

「ショコラトリー長門」

恵大の頭に上った血が急速に下降して、眩暈《めまい》に足元がふらついた。

「雅乃さんが犯人だと言うつもりですか！」

「事実情報の分析結果です」

「人を犯人呼ばわりしておいて。ジョイとやらは便利な責任転嫁装置ですね」

「ゾーイです」

新家明の訂正の場違いさが厭《いや》に冷酷に感じられて、恵大はこれ見よがしに身を翻した。

「不愉快だ。失礼する」

「探偵さん」

謝罪なら聞いてやらない事もないが。

「このトラ猫は大学《セバス》を行動範囲にしていたから詳細なデータがあります。所謂《いわゆる》、外れ値ですが、赤で囲んだ辺りを捜してみるといいですよ」

のうのうと説明する新家明に、これ以上、どう怒りを表せば良いのだろう。入り口近くに置かれたプリンターが迷い猫のポスター写真と丸の付いた地図を排出する。

「依頼の有無を超越なさってまで御親切にありがとうございます。お邪魔しました」

「どう致しまして」

嫌味も通じない。

恵大は力任せにドアノブを捻《ひね》って廊下に飛び出した。不意にペイズリー柄のネクタイが目に入って、思い切り引き抜き、衝動で床に叩き付ける。

首の後ろが摩擦で熱い。

何故か、足元に黒猫が座っていた。

4

校舎の廊下は硬質なシート張りのビニル床。構内の地面はランニングを想定したタータンで覆われている。アスファルトの横断歩道を渡り、公園の歩道は土を用いた舗装材で景色にも足にも馴染《なじ》む。

芝生で小学生と戯《じゃ》れていたテリアが尻尾《しっぽ》の動きを止めてこちらを見た。

小犬の好奇心を惹《ひ》いたのは恵大ではないだろう。

「何だっけ、名前……黒じゃなくて『6』?」

返事を期待した訳ではなかったが、名を呼ばれたのが分かったか、声に反応しただけか、黒猫の6がニャァオと鳴いた。ヴィオラの様な、高過ぎず低過ぎない滑らかな音である。

「研究室に帰れよ。付いてくるな」

恵大は邪険に手の甲を振った。ところが、6は踵《きびす》を返すどころか悠々と恵大を追い越して先を歩く。まるで、付いてきているのは恵大の方だとでも言いたげだ。

「猫と散歩する気分じゃないって……」

恵大は肺の空気を溜息《ためいき》で吐き切ったが、憂鬱《ゆううつ》は一向に晴れなかった。

『中心点はショコラトリー長門』

範囲特定に於《お》ける平均値の精度は当てにならない。仮に犯人が自転車で行動しているとして、西に三キロ、東に四キロの地点で犯行に及べば、自宅の予想位置には五百メートルの誤差が出る。

それとも、新家明は確実に絞り込めるほどの母数を確保しているのだろうか。

「馬鹿げてる」

6は恵大の歩幅に追い抜かれては抜き返し、とうとう家の前まで付いて来てしまった。こうなっては完全に無視を決め込むより他ない。猫を懇ろに構ってやるには恵大の機嫌は悪く、新家明の印象は最悪だった。

狭い敷地を限界まで利用して建てられた三階建ては、一階がショコラトリーの店舗、二階を恵大が間借りしており、三階に雅乃の自宅がある。

本来は二階で雅乃が暮らす想定で、三階は子供達が泊まりに来た時用のゲストフロアだったのではないだろうか。二階に探偵事務所が入ってくれれば防犯になると雅乃は言うが、三階への階段の長さを思うと彼女の善意を感じずにはいられない。

そんな人が小動物を拐うとしたら宇宙真理の敗北だ。先月も店を訪れた夫婦間に常習的な暴力がある事を察知して、果敢な態度で被害者を保護した義侠《ぎきょう》の人である。

「…………」

恵大は頭を振って、ショコラトリーの扉を開けた。

不用心にも、店内に雅乃の姿はなかった。ガラスケースの上にベルが置かれており、『御用の方はお呼びください』とメモが添えてある。

恵大は左手の黒い扉を見やった。二重の十字格子を備えたガラス窓に鹿撃ち帽のシルエットと矢印がレタリングされている。入居時、探偵事務所名を大々的に書けば良いと雅乃は勧めたが、恵大はショコラトリーの特別感ある魅力を損ないたくなかったので辞退した。

依頼人にとっては不案内だと思うが、大抵、雅乃が声をかけてくれたと言って問題なく事務所を訪れるのだ。

雅乃と新家明、どちらを信じるか。愚問である。

恵大が黒い扉の前で立ち尽くしていると、曇りガラス越しに人影が動いて、扉が向こう側から開かれた。

「探偵さん。お帰りなさい」

「あ、雅乃さん」

「ドアの前に立っているから、依頼のお客様かと思ったわ」

雅乃が笑顔で半身を開き、恵大に道を譲る。扉を押さえるのと反対の手には分厚いミトンを嵌《は》めて、ショコラティエの制服にエプロンを着けている。気付けば、キッチンの方から菓子の焼ける香りがしていた。

「商品の追加ですか？」

「ええ。旧オズワルド邸で改装工事をしているのは御存じ？」

「すぐそこの、文化財にも指定された家ですよね。僕は由来に詳しくありませんが、今後レンタルスペースとして貸し出すとか」

一帯は古い街で、昔は何処ぞの富豪が建てたという邸宅が点在していた。現代に至るまでに相続や維持費の問題で取り壊しが相次いで、今でも残る建物は企業が買い取って店舗に改装されるケースが多い。

「工事現場への差し入れにガトーショコラの大量注文を頂いたの」

「今朝、運んだあの段ボールって」

「臨時発注の小麦粉でした」

雅乃が種明かしみたいに、にっこりと手の平を広げて見せた。

「お店のオーブンでは足りなくて、キッチンまで天手古舞なのよ。慌ててスパイスを取り違えたり、今も仕上げの粉砂糖が何処かに行ってしまってもう大変」

「僕が店番しましょうか？」

「大丈夫。探偵さんは探偵さんのお仕事をなさって。6は元気だったかしら」

「彼奴《あいつ》なら」

恵大は振り返ったが、6も流石に店の中までは入って来ないようだ。単にいつもの散歩道だったのかもしれない。

「雅乃さん。あの」

「何でしょう？」

言い止《さ》した恵大に、雅乃が小首を傾げる。

恵大は続きを躊躇《ためら》った。

彼女が新家明の研究を知っていて恵大に紹介したのだと考えると、とても犯人の取る行動とは思えない。しかし研究内容を知らなかった場合、彼女は『徒歩圏内で飼われる黒猫の様子を見に行かせた』事になる。

雅乃が恵大を見つめている。微笑み慣れた顔は裏にある本心を読ませない。

「忘れ物を取りに戻っただけなので、もう行きます」

恵大は下手な嘘がばれやしないかと不安で、早々と店を後にした。

みゃあ、と猫の声がする。6ではない。自転車の籠《かご》に乗せられた長毛の白猫が向かい風に髭《ひげ》を煽《あお》られて鳴いたのだ。

「帰ったのか。……どうでもいいけど」

恵大は意識的に6の存在を頭から追い出して、スーツのポケットから四つ折りの紙を取り出した。

新家明に教えられた猫の情報解析結果だ。

トラ猫の名前は晴太郎《はれたろう》。飼い主は斎藤《さいとう》家で、事務所の西二キロ地点に住んでいる。新家明は任意の迷い猫ポスターを選んだようだが、運悪く恵大の依頼人の一人だった。

最後に目撃されたのは先週の水曜、平素からよく外を出歩いており、首輪にはGPSが付いていた為、その日、窓の隙間から出て行く時も家族は気に留めなかった。

しかし、日没を過ぎても帰らず、位置情報を検索してみると、首輪はゴミ収集車に回収されて集積所に向かう道中にあった。

迷い猫のポスターには、仰向けに転がってだらしない顔をしたトラ猫の写真が載っている。特段、猫好きでない恵大はもっと良い写真もあっただろうにと思ってしまうが、家族は堪《たま》らなく愛おしい瞬間を写したのだろう。

好物はささみジャーキー、鼻先で動かすと釣られて左後脚を振る癖がある。

「丸で囲まれてるのは『カーサ鏡山《かがみやま》』？」

アパートだろうか。斎藤家からは三キロほど離れている。

猫の行動範囲は一般平均で半径五十メートルらしい。餌を探す等の目的があったとしてもせいぜい二キロが限界である。普通に考えれば辿り着けない距離だ。

依頼の猫は発見したい。だが仮に予想が的中した場合、新家明が勝利する上に恩も売られる事になるのだから、全く不運ではないか。

「大先生様の研究が迷走だと分かれば万事解決だ」

恵大は地図に従って一路、カーサ鏡山を目指した。

勿体《もったい》ぶらずに結果から述べてしまうと、トラ猫はそこにいた。

「こら、マリー。危ないぞ」

二階の狭いベランダから短い首を伸ばして、家主らしき大学生に抱え上げられる。

家主がペーストフードのスティック状の袋をちらつかせる。

トラ猫の興味は即座に外の世界からおやつに移り、袋の動きに釣られるように左後脚をパタパタと揺らした。

5

「どうして晴太郎の居場所を特定出来たんですか？」

林立する本の塔を潜り抜けて机際まで詰め寄った恵大に、新家明は気の抜けた表情で瞬《まばた》きだけ返した。まるで食べ終わった後の皿には関心が持てないとでも言いたげに、胡座《あぐら》の膝《ひざ》に広げた絵本に視線を落としてしまう。

机を平手で叩《たた》く。絵本を取り上げる。膝の上に頭を滑り込ませて強引に目線を合わせる。どれも実行には移せない。吾輩《わがはい》は猫ではないのだ。

恵大は皺《しわ》になった二枚の紙を机の端に置いた。

「晴太郎を保護していた人は瀬橋大学、アメフト部の二年生です。校内をびしょ濡《ぬ》れで歩いていた猫を拾い、自宅アパートに連れ帰りました」

本人に聞いたので間違いない。迷い猫の貼り紙を見た事はあったが、写真が独特の表情を捉《とら》えており、同じ猫だと思わなかったそうだ。

「疑問なのは、彼が猫の話を誰にもしていない事です」

「情報を解析したのはゾーイです。あたしは何もしていません」

「その情報を教えて下さい」

恵大が食い下がると、新家明は漸《ようや》く絵本を閉じた。

「晴太郎は以前からセバス学内で目撃されていました。いなくなったのは先週の水曜日。セバスでは新入生を対象とする勧誘の為、各部、サークルが中庭に長机と看板を設置していた頃です」

門から校舎に至るまで、学生でごった返して歩き辛《づら》くなる時期だ。恵大は専門に特化した三年制の短期大学だったからサークル活動にさほど積極的ではなかったが、それでも頻繁に引き止められたのを覚えている。

新家明が続ける。

「学生課の掲示板によると、同週末に臨時で清掃業者が入っています。また、水曜の時点で粗大ゴミ置き場にテニス部の看板が捨てられていました。目撃した学生の話では、塗料をぶち撒《ま》けたような酷《ひど》い汚れがあったそうです」

「ライバルサークルの嫌がらせですね？」

「いえ、部員が塗料缶を蹴《け》り倒したんです」

目を光らせたのが恥ずかしくなる。恵大が小さくなるのに気付いた様子もなく、新家明がパソコンの画面に数枚の写真を開いた。

ゴミ捨て場で撮影されたテニス部の立て看板は、下三分の一が青い塗料で潰《つぶ》れている。地面を写した別の写真にも同色の塗料溜《だ》まりがあり、縁から脱出する小さな足跡が画角外まで続いていた。

猫の足跡だ。

「これ……」

「塗料缶を倒したテニス部員は、足元に猫がいた所為《せい》だと証言しました。同日、校内の生協で除光液が品切れになっています。監視カメラの録画で、経済学科の学生が購入したと分かりました」

「監視カメラの映像を盗み見ているのですか。教員でも職権濫用なのでは？」

「まあまあ、さておき」

新家明が恵大の糾弾を雑に流す。

「除光液と同時に一泊お泊まりパックもレジを通されました。シャンプーとトリートメント、ボディソープの使い切りセットです。ここから、ゾーイはテニス部で塗料を浴びた猫を、経済学科の学生が洗浄した可能性を示しました」

「そうか、晴太郎が濡れていたのは洗われたから。且つ、乾燥前に逃げ出したので、洗う時に外した首輪が置き去りになったんだ」

首輪が収集車から発見された事から、経済学科の学生はＧＰＳに気付かなかったと推測される。

「以降、校内で該当猫の目撃はありません。ゾーイは誰かが連れ帰った確率が最も高いと判断しました」

「それだけでアパートの特定は出来ないのでは？　実家暮らしの学生もいます」

「統計を元にした確率の問題です。家族がいる場合、飼い猫として役所への届出や獣医師での受診など、猫を迎え入れる上で正規の手順が期待出来ます。程なく、飼い主がいたと知るでしょう」

降水確率が八十パーセントと聞き、傘を持って出かけるようなものだ。雨が降らない可能性もあるが、多くの人は雨を前提に行動する。

「セバス生が入居している近隣アパートで、ペット可の物件はカーサ鏡山のみ」

今回は雨が降った訳だ。恵大が黙り込むと、遠い鐘の音が鼓膜を掠《かす》めた。

研究室の前を話し声が通り過ぎる。太陽が西へと傾き始め、ブラインド越しの陽光が熱を弱める。

恵大は口を固く閉ざした。

敗北宣言をしたくない。しかし、AIの成果は無視出来ない。

(それ以上に)

推理の基盤となる膨大な情報を集めて入力したのは、新家明だ。その情報網は大学教員の域に留《とど》まらず、些細《ささい》な話も軽んじない情報への忠義さえ感じさせる。

同じ情報を得ていたら恵大もトラ猫の居場所を突き止めていた筈《はず》だ。しかし、同量の情報を得られた自信が持てない。得たとしても、新家明より確実に時間を要していただろう。

AIは未《いま》だ眉唾《まゆつば》で、民間療法の方がまだ身近だ。

だが、新家明が収集する情報は紛れもない事実である。

「新家先生」

「ほ?」

新家明がきょとんとする。

恵大は拳《こぶし》を作り、骨の軋《きし》む痛みでつまらないプライドを握《にぎ》り潰した。

「僕は雅乃さんが犯人だとは思いません。現段階では到底、信じられない。だから、協力して下さい」

「情報を提供しろと？」

「主張の相反する人間に塩を送れと乞《こ》うて、虫が良過ぎるのは承知の上です。でも、解析結果と真実を照合出来れば、貴方《あなた》の研究にも役立ちますよね」

新家明は値踏みするような薄目で恵大を眺めて、表情は一ミリと動かさない。恵大は最後の意地もかなぐり捨てて額が膝に付くほど頭を下げた。

「お願いします」

新家明のデニムスリッポンが爪先の角度を変える。

「探偵さん。専攻は？」

問いの意図が読めない。恵大は恐るおそる上体を起こした。

「看護系の短大で看護師資格を取りました」

調査に役立てる目的で医学と悩んだが、現実的な都合に加え、医学といえば助手《ワトソン》のイメージがあったというのも大きかった。

「ゾーイに貴方のデータを学習させたらこう言うでしょう。理屈と感情のどっち付かず、理想と常識に縛られて、自己矛盾を抱えては外的要素に原因を求めて均衡を保つ非合理主義者」

言葉の端々が鋭利な破片となって恵大の胸を刺す。危機一髪、急所を突かれて首が飛び出しそうだ。

「う」

新家明が両手を合わせて指先を開く。

「つまり、地球に八十億余りいる、人間らしい人間です」

恵大は目を瞠《みは》った。

世界全人口を一纏《まと》めにする、彼の声音は相変わらず籠《こも》ったように低いが穏やかだ。

「サルトルは言いました。『実存は本質に先立つ』。生まれ持った素質より、実際の言動が人を作るという意味です」

「俺の行動……」

「憧《あこが》れを見据えて、手段を講じる。貴方からは自身の人生への誠実さを感じます」

「そんな事、初めて言われました」

「欲深いとも言えますね」

「上げて下げるの止《や》めて下さい。情緒がバグります」

「全ての感情は脳のバグですよ」

新家明は身も蓋《ふた》もない理屈を述べ、パソコンの画面に向き直った。マウスを操作してデスクトップに無限にあるアイコンの中から、最新のＰＤＦファイルを開く。

表示されたのは細かい文字と二色の棒グラフだった。

恵大は身を乗り出して画面に顔を近付けた。見出しのタイトルは、

「『猫の種類別統計』とありますね」

「色々な条件でデータを並べ替える内に、明確な偏りが抽出されました。今月に入って猫の失踪《しっそう》が増えた話は覚えていますか？」

「はい。過去二年分の記録と比較して明らかに多いって」

「ここを見て下さい」

棒グラフはいずれも異なる長さで三本ずつ並んでいるが、ある二つの項目だけ、グラフが等しい数値を示している。

「各年同時期の増加分が、黒猫の失踪件数とほぼ一致しています」

結論を言語化するより早く血の気が引く。恵大は研究室内を見回した。

「探偵さんの言う『犯人』がいる場合、黒猫に固執していると考える事が可能です」

新家明が慎重な言い回しをしたが、恵大も既に確信していた。

「6は？　あの猫は何処ですか？」

「散歩中みたいですね。御心配ありがとうございます」

「違うんです」

恵大は椅子の背に手を掛けて、新家明の顔を覗《のぞ》き込んだ。耳が冷たい。恵大の顔は今きっと土気色をしているだろう。

「俺に付いて来て、ショコラトリー長門の前でいなくなりました。雅乃さんを疑ってい

る訳ではないけど、危険度の高い場所で目を離して、捜しもしなかった」

「そうですか」

新家明は顎《あご》に人差し指を当てて少し考え、その手を絵本の表紙に重ねた。

「探偵さん。ショコラトリー長門付近に建設中か改装中の建物はありませんか？」

「急に何の話を」

「お城、洋館、豪邸だと尚良いです。この際、ビルと民家も含めましょう」

新家明の提示する詳細に触発されて、恵大の記憶の浅い所で雅乃がミトンの手を広げて見せる。

「旧オズワルド邸」

彼女は差し入れの大量注文を受けたと話した。

「文化財に指定された建物で、現在、改装工事中です」

「十中八九、猫達はそこにいます。急がなければ」

新家明が絵本を机に置く。

表紙には焚《た》き火を囲んで踊り、箒《ほうき》で飛び回る魔女の絵が描かれていた。

6

石垣に白塀を重ねた堅固な外塀が、交差点から次の十字路まで続いている。上部に備えた忍び返しの鉄柵《てっさく》と競い合うように庭木が枝を伸ばし、新緑でさえ視界を遮るには充分だ。

信号の待機ランプが順に消えて時を動かす。

恵大は夜空に聳《そび》える破風の屋根に身震いした。

「ゾーイによると、旧オズワルド邸の現所有者は松正《しょうせい》・オズワルド。初代から数えてヒのフの五親等で、戸籍上の本名は百々川《どどがわ》松正さん」

新家明がスマートフォンに顔を近付ける。

椅子から立って隣に並ぶと、思いの外の長身だ。猫背を伸ばせば百八十の大台に乗らぬまでも肉迫するのではないだろうか。車輛が通過する度に白衣の長い裾《すそ》がはためいて、四つ辻《つじ》の幽霊みたいに輪郭がゆらゆら滲《にじ》む。

「近年は維持費に困窮しており、特に老朽化の対策を迫られていたようです。親族の強い勧めでレンタルスペースへの転用を決意し、銀行から出資を得て補修及び改装工事に踏み切りました」

「レンタルスペースって何をするんですか？」

「撮影やパーティ会場が想定されていますね。ドラマ、雑誌、コスプレ撮影会、結婚披露宴、演奏会」

恵大の地元で言う公民館の様な施設になるようだ。無論、使用料は桁違《けたちが》いだろう。

「利害の一致ですね」

歩行者用信号が青に変わる。右折待ちのタクシーが目に入って、恵大は小走りで横断歩道を渡った。新家明も当人比では早足だったが、歩きスマホと猫背の所為《せい》で急いでいるようには見えなかった。

「松正さんはSNSで不満を溢《こぼ》していました。翌日には削除したようです」

「失言を反省した？」

「親族に非難されたのかも。記録《データ》には残らない背景です」

「それで、その旧オズワルド邸と黒猫がどう繋《つな》がるのですか？」

恵大は結論を迫ったが、新家明は回線が切れたみたいに情報の提示を停止して、目の前に佇《たたず》む黒鉄の門扉を見上げる。

「恵大君。門が閉まっています」

「そうでしょう。時間も時間です」

「中に入れませんね」

「何ですか、その目……」

新家明が厚い前髪の陰で瞼《まぶた》を半分下ろすと、眦《まなじり》がシャープに吊《つ》り上がって眼光を増す。

彼の要求は考えるまでもない。

「こういう時は年上が責任を取ってくれるもんだろ」

恵大は独りごちて門の格子の間に腕を通した。猫捜しは恵大の責任で、新家明は情報提供者。更に住居侵入罪で訴えられた場合、大学教授と私立探偵ではリスクが異次元だから、背負うなら恵大である。

幸い、閂《かんぬき》に錠は掛かっていなかった。把手を回転させ、鉄の棒を横へスライドすると、鉄扉は何なく開かれた。

門扉だけではない。玄関扉も開いている。

廊下の奥から物音がする。

人がいる。

「何処に行った⁉」

激昂《げきこう》する声とビニールが荒々しく擦れ合う音を頼りに走る。

スマートフォンのフラッシュライトでは足元しか照らせない。床に貼られた保護シートが靴底に引っかかって足を搦《から》め捕ろうとする。

がらんどうの部屋を幾つも通り過ぎて、最奥の果てに微《かす》かな明かりを見た。

恵大は入り口に背を寄せて、室内を窺《うかが》った。

「どれだ。お前じゃない。お前か？」

男性らしき体格の人影がビニールを踏みしだいている。彼が抱え上げたのは、猫。

黒猫だ。

恵大は気管が竦《すく》んで、詰まった呼吸を大声で押し出した。

「そこから一歩も動くな。猫を解放しろ」

「くっ」

男性は全身を強張《こわば》らせたかと思うと、猫をビニールの塊の上に放り投げて、恵大の方に突進して来た。否、逃げる気だ。

「待て！」

「よいしょ」

緊迫した空気に、間の抜けた声かけと眩《まぶ》しいライトが細波《さざなみ》を立てる。

新家明が大仰に息を吐く。工事現場用の照明器具がスタンドごと入り口に下ろされて、その巨体と光で逃げ道を塞《ふさ》いだ。

「おお、写真と同じ御尊顔だ。松正・オズワルドさん」

新家明の口調は表情豊かと表するには淡白で、厳粛かと言えば場違いな滑稽《こっけい》さがある。

「松正さん」

恵大が視線を向けると、男性は光から顔を背けた。

五十絡みと見るのが妥当なところだろうか。髪は短く、髭《ひげ》はなく、眉《まゆ》が整えられて身《み》綺麗《ぎれい》な印象を受ける。

丸首の白いカットソーに濃い色のチェスターコートを合わせた装いはカジュアルながら紳士的だが、コートと同系色のスラックスは粉まみれで殆《ほとん》ど真っ白だ。

恵大は松正に注意を払いつつ、ビニールに投げ出された黒猫の傍にしゃがんだ。

アメリカンカールの黒猫だ。毛足が長くて分かり難いが、弱々しい呼吸に上下する腹は痩《や》せて手足は僅《わず》かに震え、月色の瞳《ひとみ》には力がない。

衰弱している。

恵大は及び腰の松正を睨《ね》め上げた。

「何をしたんですか？」

「私は何もしていない。その猫が勝手に入り込んでいたから、追い出そうとしていただけだ」

たじろぐ松正は疑わしくも否定するには根拠に欠ける。トラ猫の晴太郎と同様、突き止めたのは居場所だけだ。恵大はそう思っていた。

「何もしなかったのは本当《トゥルー》、後半は嘘《フォルス》」

新家明が太い電源コードを引っ張って照明の足元を安定させる。それから、電灯の笠《かさ》を調整して、部屋全体を光に晒《さら》した。松正の影が真後ろに伸び、ボードに彼自身より背高の影が縫い付けられた。

「黒猫を捕まえて、食事を与えず、助けを求めて鳴く力すら奪って、死なない程度に放置したんです」

恵大の手にアメリカンカールの脆弱《ぜいじゃく》な吐息が触れる。

「最低だ」

湧き上がる軽蔑《けいべつ》の感情を、恵大は抑えておけなかった。一人では生きられない生命体を捨て置く暴挙に飽き足らず、監禁して生き延びる自由をも奪った。

松正の行動は全く理解出来ないが、彼がこの期に及んで迷惑そうに頬を歪《ゆが》める道理が恵大には解らない。

「貴方《あなた》は旧オズワルド邸を一般に貸し出すのが不満でした。不安と言った方が近いのかな。だって、迷信に頼って建物を守ろうとしたのですから」

「猫で何を守れるって言うんですか。生贄《いけにえ》にして魔女でも呼び出す気ですか？」

恵大の過ぎた怒りが、飄々《ひょうひょう》とした態度を崩さない新家明に飛び火する。八つ当たりで語気を荒らげた恵大にも、新家明は依然データを音読するみたいに無感動に答えた。

「そんな伝承は聞いた事がありませんが、発想は似たような部類です」

スリッポンの足が壁沿いを歩く。

「昔々、モーガン・ル・フェイの領地、コンブールという村に四世紀をかけて城が築かれました。幾度にも亘《わた》る戦争を乗り越えたその城には、四つの堅牢《けんろう》な塔が建っています。その内のひとつは通称『猫の塔』と呼ばれました」

愛猫家が建てたのだろうか。だとしたら、話の流れにそぐわない。恵大の疑問はすぐに解消した。

「後に、塔の石壁から無数の猫のミイラが発見されたからです」

「嘘だろ」

「残念ながら史実です。十三世紀のヨーロッパから、黒猫は邪悪な存在とする考えが広まりました。数々の迫害の中には建築に関わる迷信もありました」

絵本に描かれたお伽噺《とぎばなし》の様に語られる残虐な歴史。

「『黒猫を生きたまま壁に塗り込めると、建造物が災厄から守られる』」

恵大は愕然《がくぜん》としてビニールを握り締めた。この世の物質を摑《つか》んでいなければ、脳が夢現《ゆめうつつ》を麻痺《まひ》させて現実逃避してしまいそうだった。

新家明が壁に立てかけられた建材のボードを退《ど》かす。

余りにも耐え難い。

悍《おぞ》ましい光景が、そこにはあった。

恵大は奥歯を噛《か》んだ。

「最悪だ。最悪だ最悪だ」

壁の中にケージがある。今は扉が開いているが、外に出ようとするものはいない。

衰弱して、目を開ける事すら儘《まま》ならない黒猫らが、痩せ細《ほそ》った身を寄せ合うように横たわっていた。まだ辛うじて身体を動かす力がある者には口輪が取り付けられて、発声を封じられている。

「警察に知らせます」

恵大がスマートフォンを手に取った刹那《せつな》、鈍い衝撃が当たってそれが弾《はじ》き飛ばされた。

懐中電灯が遅れて床に転がる。

「旧じゃない。ここは今でもオズワルド邸だ」

松正が振り抜いた腕を気怠《けだる》げに擡《もた》げた。

「オズワルド家の歴史も建造物の価値も知らない輩《やから》に、この邸宅で好き勝手されると思うと虫唾《むしず》が走る」

「維持費確保の為の合意でしょう？　取り壊しになったらその歴史も断たれる」

「腹立たしい、何でも金だ。現代社会にかぶれた猿知恵は、金さえ払えば下品な承認欲求を満たせると学習した挙げ句、他人の尊厳を損なう事も厭《いと》わない」

「だからって」

恵大は反射的に論駁《ろんばく》を試みて、失速した。一理ある。全面的に賛同はしないが、インプレッション稼ぎに旧オズワルド邸を借りる人間も現れるだろう。もしショコラトリー長門が世界遺産に認定され、金に飽かして雅乃を追い出す者がいたら、恵大も矢面に立って反対する。

「だからって……」

「貴方の懐古主義も大概だと思いますけど」

新家明が指先に付いた粉を払って壁を離れ、恵大の隣に立った。

「私は過去を懐かしんでいるんじゃない。先祖の遺志と人類の文化を受け継ぐ使命を負って、未来を見据えた上だ」

「経済力が足りないのも、他人に頼るしかないのも、貴方の都合ではないですか。人の住まなくなった家は朽ちるだけです。猫を生贄にするより、他人に貸し出した方が余程効果的では？」

新家明が淡々とたたみ掛ける。

「そもそも、改装しているという事は、損傷しても現存の建材で補修出来ますよね。砲丸が飛んでくる時代でもなし、火事を警戒するなら煙感知器とスプリンクラーを付けた方が有益でしょう。理解不能です」

「お前みたいな奴が、当事者を無視して物事を滅茶苦茶にするんだ」

松正の怒りが喉《のど》の奥から低音を絞り出す。彼は頰から耳まで紅潮させて、チェスターコートの懐に手を差し入れたかと思うと、突如、スプレー缶を構えた。

催涙スプレーか、ラッカー塗料か、見定める間もない。

恵大は思考を通さず、脊髄《せきずい》で動いていた。

看護学校では授業の一環で護身術を覚えさせられた。院内への侵入者対応のみならず、混乱した患者を鎮静化するにも装備が慈愛だけでは共倒れだ。

恵大はポケットの中でくしゃくしゃに丸まったネクタイを摑み、引き抜く動作から腕を撓《しな》らせて、松正の顔面に叩《たた》き付けた。

「う」

松正が呻《うめ》いて体勢を崩す。その隙にスプレー缶を持つ手首を取って、ぶら下がるように脇から背中に潜り、松正の腕を捻《ひね》り上げた。

「痛い、痛いです。放してください。お願いします、警察だけは」

「その厚かましい台詞、猫の飼い主さん達にも言えますか？」

恵大はスプレー缶を取り上げて新家明に渡し、少しだけ力を緩めると、松正の両手をネクタイで後ろ手に拘束した。松正はぐったりして床に横倒しになる。

新家明が恵大の陰から顔を出した。

「やりますね、探偵さん」

「はあ」

これではどちらが探偵だか分からない。恵大は生返事で濁してスマートフォンを拾った。案の定、画面は見事に割れていてまた肩で息を吐いた。

邸宅前にパトカーと救急車が駆け付けるのを見て、道行く人が歩みを緩める。

さて、どう説明をしたものか。

頭を抱えながら門の外に出た恵大を現実に引き戻すかのように、6が他人事《ひとごと》で悠々と通りかかり、尻尾《しっぽ》を一度だけ波打たせる。

「何処に行っていたんだ」

「ナァオ」

砂場で遊んでいたのだろうか、腹に白い汚れを付けて何となく埃《ほこり》っぽい。

「丁度いい。口実に使わせてくれよ」

恵大は疲れた腕に6を抱え上げて汚れを払い落とし、押し寄せる警察官と救急隊員に声を掛けた。

7

動物病院に協力を要請して猫を保護し、飼い主に連絡をする。その日の内に事が済まなかったのは、保護した黒猫が恵大の受けている依頼数より多かった為だ。

考えてみれば当然で、飼い猫を捜す人全員が恵大の事務所を訪れる訳ではない。保健所に届出をすると、猫の数と状態を不審がられ、結局、警察に事情を話す羽目に陥ってしまった。

目の前で飼い猫を連れ去られて、追いかけた先が現場だった。

時系列の杜撰《ずさん》な説明が警察に疑われる事はなく、恵大は住居侵入罪を免れた。現場の凄惨《せいさん》で奇怪な状況に、捜査に当たった刑事は辟易《へきえき》としており、厄介事を増やしてくれるなと目を瞑《つぶ》った節もある。

「しかし、作業員の目から隠してあった筈《はず》のケージをわざわざ引っ張り出して、まさに埋める寸前だったのでしょうか」

それにしてもケージの扉を開ける理由はない。生き埋めが目的なら、壁裏にケージを隠したまま、漆喰《しっくい》で塞《ふさ》がれるのを待つだけで達成される。

恵大が腕組みをすると、新家明が胡座《あぐら》をかいた椅子を回転させてこちらを向いた。

「工事現場への差し入れを注文したのは松正さんだったのですよね」

新家明が紙袋を開けて中身を机に並べる。粉砂糖を振ったガトーショコラと猫用の無糖カップケーキ。黒猫を見失った詫《わ》びに恵大が持参した雅乃特製の菓子だ。

「はい。周囲では気が利く人と評判だったみたいです」

「差し入れのガトーショコラに粉砂糖を振り過ぎたとか、ショコラトリー長門で粉袋が失くなったなんて話が有り居り侍《はべ》りいまそかり」

何故、彼が知っているのだろう。恵大は腕を解いて頷《うなず》いた。

「雅乃さんから聞いたんですか？　ガトーショコラの仕上げに使った粉砂糖の袋を紛失したそうです」

「大量注文でごった返して、納品の箱に紛れ込んだかな」

「だとして、事件と何の関係があるんです？」

「あの夜、松正さんは特定の猫を捜している様子でした。あたしの夢見がちな想像だから、ゾーイの精度には著しく及ばない世迷言ですけど」

新家明は念入りに前置きをして右足を下ろす。

「現場のケージ周りには甘い匂いと白い粉末が散っていました。松正さんが捜していた黒猫は、粉袋に戯《じゃ》れて粉砂糖をかぶったのではないかな。と言うか、粉砂糖をかぶったから捜されていた説」

「砂糖ごと埋めたら蟻が湧くとか？」

「想定が残酷」

「普通、思うでしょう。じゃなかったら何ですか」

　恵大は鼻白んで眉間《みけん》に皺《しわ》を寄せた。

　新家明が椅子のキャスターを転がして本の塔のひとつに寄り、一番上の本を取る。先日も読んでいたあの絵本だ。

「黒猫を不吉とした中世ヨーロッパでは唯一の例外がありました。黒猫の胸や首に生えた白い毛はエンジェルマークと呼ばれ、幸運の象徴とされたそうです」

「付着した粉を見間違えたんですね」

「説。エンジェルマークを持った猫を壁に生き埋めにすると、迷信に於《お》ける整合性が乱れます。その為、問題の猫を捜し出さなければならず、更に一度のミスが疑心を呼び、ケージを引っ張り出して他に見落としがないか確認する必要性に迫られました」

　真相は当人に聞くしかないが、充分に納得のいく話だと恵大は思った。おまけに、松正が焦って騒いでくれていたお陰で、恵大達は現場に直行出来て、ケージの発見も容易だった。運が良かったとしか言い表せない。

　新家明が絵本を塔の天辺《てっぺん》に投げる。互い違いにずれてバランスを保つ無数の本が危なっかしく揺れて踏み留《とど》まった。

「全く理解不能です。理屈は通っているし、松正さんは論理的思考の持ち主でした。効果の望めない迷信にリスク全振りする行為は不合理で矛盾しかない」

「……心から信じていたのではないと思います」

「信じていたのでなければ、どうして猫を拐《さら》ったりしたのです？」

心から解らないという顔が出来る新家明は、純粋なのだと恵大は思う。彼の理屈には人の醜さが計算されていない。

「嫌がらせ、かな」

恵大は黒歴史を暴かれているかのような居た堪《たま》れなさで、菱柄のネクタイピンを無為に開閉した。

「神仏に頼ったフリをして、迷信を口実に体を動かしている間は無心になれる。猫の死体に囲まれて笑う人達を、何も知らずに馬鹿めと嘲笑《あざわら》って溜飲《りゅういん》を下げる」

「相手が知らないなら無意味では？」

「知られたら、自分が不利になります」

新家明にはさぞ奇妙《おか》しな事を言っているように聞こえるのだろう。

人は、目的があって行動する。その前提が崩れると思いもしない彼こそ、合理的な人間の証明だ。恵大には彼のシンプルさが羨《うらや》ましくさえある。

「動機と行動が逆さまなんですよ。欲が先にあって、それが良くないものだと自覚してるから、誰かに責められる事を恐れて一見合理的な言い訳を用意する。けど、スタートが間違っているから何処かで破綻《はたん》して矛盾するんです」

「謎《なぞ》いなあ」

「どうせ、凡人の低俗な発想です」

今更、否定すまい。恵大は凡人だ。自己肯定感は低いのに、プライドは高い。願いは大きく現実は厳しく、義憤や風潮に便乗して正論を解放する隙を狙っている。他人の目がどうしようもなく気になって、不完全さを自覚しているからこそ我が身可愛さに先回りして見栄を張る。弱く、狡《ずる》く、その癖、非情にもなりきれない。

悪事を働いた人には罪を認めて謝って欲しい。真相を知って納得したい。過ちを糾弾しながら、話を聞けば安易に同情して共感を探してしまう。凡にして愚かな人間である。

「思い付きで始めてみたらずるずる熱中してしまうのも、興が乗って行き過ぎてしまうのもよくある、あるあるですよ」

恵大は半ば捨て鉢になって吐き捨てた。

個人事務所を構え、紳士の装いと振る舞いをなぞろうと、憧《あこが》れの探偵像は遥《はる》か遠く。新家明に呆《あき》れられたところで痛くも痒《かゆ》くもないと思いながらも、傷付く準備をしてしまうのだから情けない。

ところが、新家明は目をキラキラと輝かせて言った。

「やっぱり面白い」

「何が？」

今度は恵大が首を傾げる番である。

新家明は口の両端を引き上げて三日月みたいな笑みを浮かべている。

あの時の様に。

「地味になってるんですけど」

恵大は思い出して、聞きそびれていた疑問を尋ねた。

「スーツのコーディネート以外、僕の何を笑ったんですか？」

すると、新家明は白衣の袖口《そでぐち》で口元を隠して、愉快げに瞼《まぶた》を弛《ゆる》めた。

「あたしを先生なんて呼ぶからです」

「いや、学生でなくとも、教員全般は先生と呼ぶでしょう」

「学生ですよ」

新家明は机の端を摑《つか》んで椅子を回転させ、机の抽斗《ひきだし》を順に開けると、最下段からカードの様なものを拾い上げた。

彼の右手から左手に、左手から恵大に渡されたのは、瀬橋大学の学生証である。

『新家明　情報科学科二年生』

性質《たち》の悪い冗談だ。

「年下⁉」

「よろしく、恵大君」

新家明がガトーショコラの包みを開ける。

天使が降らせた粉砂糖。

陽だまりに聳《そび》える本の塔で、黒猫の6がニャアオと鳴いた。

第二話　機械じかけの心

1

容姿、身なり、作法、年齢、人種。

外見はその人物の一要素に過ぎない。

広大な宇宙に浮かぶ地球という球体の表面、日本という島国の関東エリア、東京都の片隅に位置する三鷹市、更にその一部、宇宙から見ればグラニュー糖一粒より小さな世界で、八十一億分の一たる彼が右を向こうが左を向こうが、バタフライ・エフェクトすら起きない些事《さじ》と言い切れるだろう。

志貴恵大はうっかり開けてしまった扉の横で壁に寄り、呼吸音を絞った。

集積分析研究室。床に積まれた本が塔の様に林立する所為《せい》で、視界はひどく不自由だ。倉庫同然の雑然とした室内は先日と何ひとつ変わりないが、耳に聞こえる会話はさながら各国首脳が集う国交会談で、徒歩の道中で滲《にじ》んだ汗が一気に引いた。

てる。

「斬新《ざんしん》なお話を伺えて大変有意義でした」

貫禄《かんろく》ある男性が革のアタッシェケースに封筒を収める。ケースの金具が冷たい音を立

「そうですか。どうも」

応《こた》える表情は春の日差しを受けて、微睡《まどろ》むテディベアの様だ。

「研究援助の件、社に持ち帰り、現実的に慎重な検討を重ねた上でお返事させて頂きます。貴重なお時間をありがとうございました」

男性は親しげな笑みで席を立ち、本の塔の陰に入ると、陽が翳《かげ》ると同時に辟易《へきえき》とした顔を露《あら》わにする。彼は扉横に立つ恵大を見て、同じ目的で呼ばれた同業者とでも思ったのだろう。これ見よがしに俗っぽい嘲笑《ちょうしょう》を浮かべて、顳顬《こめかみ》の横で人差し指を回転させた。

「それでは、失礼致します」

明の死角で差別的なジェスチャーをしておきながら、退室の声音だけは朗らかだった。仲間扱いされるのは気分が良くない下品さだが、心情は解らないでもない。恵大は本の塔の間から、姿勢を崩して椅子の背に凭《もた》れかかる明を眺めた。

だらしなく投げ出された手足、間抜けに開いた口。マッシュの黒髪は櫛《くし》を通した痕跡《こんせき》がなく、よれよれの白衣の下は部屋着同然の黒トレーナーにワイドパンツで、スニーカーの踵《かかと》は履き潰《つぶ》されて平になり、スリッパ同然である。

「おや、恵大君。お早いお着きで」

いる事に気付いてもいなかったらしい。明が寝ぼけた顔で尋ねるので、恵大は下がった眉《まゆ》を上げ直して背筋を伸ばした。

「人のコーディネートにケチを付けるくらいだ。そのセンスを自分に使えよ」

「ああ、恵大君も視覚情報に依存するタイプの人類か」

明が億劫《おっくう》そうに靴を脱いで宙に蹴《け》り上げる。スニーカーが靴底を上にして床に転がると、何処からともなく猫の鳴き声がして、黒猫の6が傍に降り立った。6が前脚で靴に戯《じゃ》れる。スニーカーがひっくり返って天を向いた。

「雨のち晴れ」

明と猫に似合いの気まぐれな占い結果だ。恵大は嘆息で視線を落とした。

「棘《とげ》は身を守る鎧《よろい》だ。尖《とが》った言葉は怯《おび》えの裏返しに聞こえるぞ」

「あたしを薔薇《ばら》に喩《たと》えるとは奥深い感性ですね」

「薔薇要素は何処だよ。靴を脱ぎ散らかして、靴下は片方裏返し。白衣で隠してるがトレーナーの裾《すそ》にトマトソースが飛んでるし、髪は寝起きみたいにぼさぼさじゃないか」

恵大がありったけの粗探しをぶつけているというのに、明は満足げな笑みを浮かべる。

恵大はすぐに気付いてレモンを丸齧《まるかじ》りした時と同じ顔になった。

「何を着ても大差ないけどな」

「後夜祭〜」

それを言うなら後の祭りだ。恵大は正したい衝動をぐっと堪《こら》えた。手遅れを自ら強調するのは御免である。

明が机の下に足を突っ込んで左右に振り、探り当てたサンダルを爪先に引っかけて手繰り寄せる。

「人は見た目で七割を判断する。誤認を直感と誤認する欠陥を抱えた生き物です」

「誤認を誤認で……いや、惑わされないぞ。直感は経験則だ。生まれてからの経験、もっと遡《さかのぼ》れば遺伝子に記録された情報と現状を照らし合わせて好感や嫌悪といった信号を発して身を助く、生存本能だ」

「中身を知る前に視覚で判断してますね」

オセロの罠《わな》か。否定をした筈《はず》が肯定に裏返っている。

「君、何でもかんでも自分に都合の良い結論に結び付けるのは、学術として客観性に欠く悪手じゃないのか？」

「そうですね。学術的に、実例を取り上げますか」

恵大の異論を軽やかにいなすように、明が長い指を伸ばしてマウスをクリックする。スリープ状態だったパソコンとモニターが目を覚ますと、明の操作に応えて数枚のファイルを表示した。堅苦しい英文に写真やグラフが添付されている。

「一目惚《ひとめぼ》れから始まり、結婚に至った二人は互いに顔のパーツバランスが類似している傾向にあります。ある映画の撮影では、集合時は服装や人種で幾つかのグループを形成していた演者達が、特殊メイクを施した後は自然と架空の種族ごとに集まったそうです」

「顔立ちは知らないが、服装はまあ、分からないでもない」

恵大の経験上、大学で服の傾向が近い学生に話しかけておけば、会話のペースも大きく外れる事はそうなかった。

「他人にどう思われてもあたしという人間は変わらない。物事を本質で判断しない人とは仲良く出来る気がしないので初見で消えて頂いてどうぞ御自由に」

「じゃあ、その白衣は何だよ。前にも言ったが、君の研究には無用の長物だろう」

「防寒対策です。研究室に長袖《ながそで》の上着がこれしかないんですよ。それを言うなら探偵さんの方が、ね」

同意を求めるように視線を流した明に、6も金銅色《アンバー》の瞳《ひとみ》で恵大を見つめる。

恵大は思わずネクタイに触れて、形が崩れていない事を確かめた。

爽《さわ》やかなブルーグレーのスーツに苔桃《こけもも》色のネクタイ、キャメル色の革靴はスーツを買う時に店員に勧められたコーディネートだから外れはない筈だ。今日こそ何処から見ても理想の探偵である。

顔立ちや髪質、身長などの身体的要素は選んで生まれて来る事が出来ない。ならば、言葉遣い、身なり、所作を整えてなりたい自分に近付ける。服装の近い学生同士の話が合うように、そこには必ず嗜好《しこう》と金銭感覚、価値観、倫理観が表出した。後天的な外見は、そう存りたいと思うその人の理想を知る手がかりとなる。

「そうとも。俺は容姿で人を判断してるんじゃない。あらゆる要素を手がかりにして内面の表出を見てるんだ。探偵として当然の素養と言うべき――」

「で、これなんですけどね」

かつてこれほど会話を無に帰す人間が存在しただろうか。

まだ切り替えきれない恵大を待たず、明が器用な手付きでマウスを動かす。新たに開いた画面は論文でもお得意のＡＩでもなさそうだ。

「ナァオ」

猫の暢気《のんき》な鳴き声に興が削《そ》がれる。

恵大は溜息《ためいき》で反発心を解放して、明の隣に立ち、モニターを覗《のぞ》き込んだ。

どうやらメール画面らしい。差出人は『瀬橋大学事務局』、題名は『Ｆｗ：警告』とある。事務局から明宛てに転送されたようだ。

「読んでも？」

「勿論《もちろん》」

「それじゃあ……『瀬橋大学。学内違反者、新家明を告発する』。え」

読み上げる方に神経を奪われて、理解が一秒、遅れて来る。急に上体を引き起こした所為だろうか、恵大の頭から血の気が引いて、明が距離以上に遠く感じられた。

「これって君の」

明が机を手で押して椅子を引き、身体をこちらへ回転させる。

「依頼です、探偵さん。謎の密告者の目的を明らかにしてください」

息を呑《の》む音が頭蓋《ずがい》の内側から聞こえて、それが恵大自身のものだったと気付く。

6が首を擡《もた》げる。ブラインド越しの陽光が艶《つや》やかな黒い毛並みを美しく照らした直後、太陽が翳って弾《はじ》けるような水音と振動が研究室内に響いた。

暗い。雨雲が空を覆ったみたいだ。静寂が厭《いや》な予感を呼び覚ます。

恵大は明と本の塔を迂回《うかい》して、一息にブラインドを上げた。

「！」

視界が赤に染まった。

窓一面に真っ赤な液体が飛び散り、その粘度故に時間をかけて滴り落ちようとしている。明は目を瞠《みは》って動けない。逆に6は興奮した様子で足元を走り回る。

恵大は飛沫《ひまつ》の少ない窓に駆け寄って、鍵《かぎ》を外す手で窓を開け放した。

ここは二階。窓に液体を浴びせるなら同等以上の高さから掛ける必要がある。人が登れる足場らしい足場は桜の木くらいだ。

新緑越しに目を凝らしても、地上に動く人影はない。恵大が上半身を乗り出して左右を確認する傍を擦り抜けて、6が勢いよく外へ飛び出した。

「危ない！」

恵大はバランスを崩しながら左手で窓枠に摑《つか》まり、右腕を差し伸べたが、6は木に軽やかに飛び移って見えなくなってしまった。

るのだろうか。

2

密告者の目的を突き止めて欲しい。

明はそう依頼した。にも拘《かかわ》らず、恵大は何故、猫を捜してツツジの葉をかき分けている

「解せない」

目撃した誰かが報せたらしい。大学職員が警察を引き連れて集積分析研究室に押し寄せると、恵大はあっという間に摘《つま》み出されてしまった。正確には、明に追い出されたのだ。6がパニック状態になっていたなら捜して保護して欲しい、と。

確かに、学生の明と部外者の恵大のどちらが残る方が自然かと考えれば、順当な役割分担ではある。

青々とした葉とピンクの花が作るドームの内側はひんやりとして、節くれだった幹から細い枝が縦横無尽に伸びている。足元に潜り込んでいないかと覗き込むと、三毛猫が微睡《まどろ》みから跳ね起きて逃げて行った。申し訳ない。

「就活ゾンビかな？」

背後を通り過ぎる学生らの視線は好奇の色を隠す気もなく、囃《はや》すような潜め声が恵大の耳を抉《えぐ》る。正面から見れば就職活動のみに用いられる量産スーツでないと分かるだろ

うが、急に立ち上がって身を翻しても奇行を際立たせるだけだ。恵大は地道にツツジの底を確認して肩を落とした。団子虫一匹見付からない。

「あの、大丈夫ですか？」

「！　お心遣いありがとうございます」

反射的に礼を言ったのは、依頼の猫捜しをする時に身に付いた処世術だ。怪しまれて通報され、職務質問で潔白を証明するのに事務所の登記簿まで持ち出す羽目になった経験が活《い》きている。

焦りも禁物である。恵大は悠然と振り返り、往年の名探偵に並ぶべく堂々と胸を反らした。

「猫を捜しているんです」

「もしかして、集積分析研究室の猫ですか？」

「そうです。よくご存じで」

恵大が大仰に喜びを表してみせると、学生はたじろぎながらも笑顔を返した。

白いコットン生地に青いブロックチェック柄の半袖《はんそで》シャツは素朴な印象で、濃紺のジーンズと黒いスニーカーは使い込まれて足に馴染《なじ》んでいる。黒縁眼鏡が重く見えないのは、黒髪を耳が完全に見えるほど短く切ってあるからだろう。

学生は両手を腹の前で合わせた。

「何となくです。おれは学科が同じで時々見かけるからそうかなって思いました」

「構内をよく出歩くんですか？」

「いや、バイトが忙しくて、授業とゼミと学食くらいしか」

「すみません、主語を忘れました。猫が」

「あ、そうですよね。すみません」

学生が恐縮して肩を竦《すく》める。大事な情報源だ。恵大はわざと戯《おど》けて笑ってみせた。

「僕は志貴といいます。仕事でこちらを訪ねていたんですが、猫捜しに借り出された僕の方が猫の手です」

「情報科の殿塚《とのづか》と申します」

漸《ようや》く眉間《みけん》に寄った緊張が緩む。殿塚と名乗った学生は辺りを見回して、研究室棟に沿って立つ桜の木を見遣《みや》った。

「あの猫が外を歩いてるところはよく見ます。直《じき》、帰って来ると思いますけど」

「しかし、待とうにも今は取り込んでいて」

「警察が来てるのってやっぱりあの研究室だったんですか？」

「やっぱり？」

恵大は殿塚の物言いが引っかかって聞き返した。

殿塚が違和感を自覚して泡を食う。

「おれ、さっきまで二階のサーバールームにいたので警察とすれ違って」

「二階には他にも情報科の研究室がありますよね。何故、集積分析研究室だと思われたんですか？」

「いや、さもありなんと言うか」

彼は窺《うかが》うように恵大を見ては視線を外し、徐《おもむろ》に声を潜めた。

「ここだけの話、評判良くないですよ。あの研究室」

「……どんな風に？」

恵大の関心に賛同するかのように、殿塚が腕組みをして頷《うなず》く。

「去年までは教授と所属の四年生が四人、ゼミの三年生が六人いたんですけどね、入学して間もない一年生が私物化したらしくて」

「あり得ません。先生がいなかったら研究室として成り立たないじゃないですか」

「思いますよね」

殿塚が前のめりに同意する。

「おれも去年は集積分析研究室をゼミの候補に入れてたんです。でも、人数調整の時期には黒い噂が広まっていて、結局一人も取ってもらえませんでした。ゼミ生ゼロですよ。大学側とも一悶着《ひともんちゃく》あったのは間違いありません」

「穏やかじゃないですね」

「すごく困りました。その時にゼミの枠を増やして受け入れてくれたのが情報統計学研究室です。教授は人格者だし、実数からのアルゴリズム構築という観点では既に一家言ある研究です」

「成程」

実際、恵大は殿塚の話の半分も理解していなかったが、折角築いた信用を守る為にとりあえず感心しておく。殿塚はすっかり表情を緩めて、不意に眉《まゆ》を持ち上げた。

「そうだ。騒ぎが落ち着くまで、うちの研究室にいてください。きっと研究にも興味を持ってもらえると思います」

「いえ、僕は」

「猫もすぐ帰って来ますよ。一休みどうぞ」

殿塚が物理的に背中を押す。

『評判良くないですよ』

恵大は彼の言葉が気に掛かって、断りきれないまま歩を流された。

殿塚に連れられて来たのは集積分析研究室の一階上、三階の一室だった。扉に『情報統計学研究室』と印刷された古いプレートが貼られている。

「お疲れ様です」

殿塚が扉を開けると、家電量販店に似た匂いと二人の学生が彼らを出迎えた。

「お疲れ」

「どちら様？」

恵大に窺う視線を向ける二人に、殿塚が駆け寄って小声で答える。何と説明したのだろう。二人は希望に満ちた眼差《まなざ》しで恵大を捉《とら》えた。

まず動いたのは青いパーカーの学生だ。スニーカーの爪先が椅子のキャスターに引っかかって、躓《つまず》いた拍子にアンダーリムの眼鏡がずれる。思わず恵大が右手を前に出すと、彼は両手でしっかりと握り返しながら体勢を立て直した。

「ようこそ。ぼくは四年の韮沢《にらさわ》です。統計学のマーケティング活用、主に実数と理論値のギャップ解析と修正指数の研究をしています」

「どうも」

転ばぬよう手を貸すつもりが固い握手になってしまった。すかさず隣からもう一人が手を伸ばし、奪い取るように恵大の手を握る。

「こんにちは。同じく四年生、睦月《むつき》です。アプリの使用者別操作履歴を元にしたプログラムの簡略化、軽量化の自動処理が卒論テーマです」

息継ぎもなく自己紹介したTシャツの彼は上気して、丸眼鏡が薄ら曇る。

「初めまして」

恵大は気圧《けお》されて手を握り返したが、段々とこれは自分が受けるべき歓迎ではないように思えてきた。

「八幡《やはた》先輩は？」

「さっき学食に行くと言って出たとこだ。呼び戻してやらないと」

流石に奇妙《おか》しい。

「何か誤解が……」

しかし、恵大の声は忙《せわ》しない会話に割り込めない。

「殿塚、お茶をお出しして」

「はい」

「先生のお土産の羊羹《ようかん》、まだあるよな」

三人が慌ただしく動き回る。恵大は言うも言わぬも躊躇《ためら》われて、黒目ばかりを虚《むな》しく泳がせた。

殿塚が水を確認すると、使い古したポットの蓋《ふた》が丸ごと外れて雫《しずく》を散らす。韮沢が開けた冷蔵庫も年代物だ。ジーッと耳障りな音がして本体も震えているように錯覚する。その割に、睦月が開けるブラインドは汚れひとつなく真新しい。

机と椅子は新品だが、パソコンは古い。丸眼鏡は古いがアンダーリムは新しい。

恵大は自分がひどく場違いに思えて——事実そうだ。おそらく、明の所で会った支援候補者と間違えられている——帰る口実を探して窓辺に寄った。桜の木の上にでも6がいればすぐ外に走り出せるのだが。

地上では警察と学校関係者風の女性が建物を見上げて険しい顔を突き合わせている。位置的に真下が集積分析研究室になるらしい。

その時、

「わっ」

開けた窓から重く温かい塊が恵大の腕に飛び込んで来た。

「6」

黒い毛並みを艶《つや》やかにしならせてニャアォと鳴く。恵大は渡りに船と踵《きびす》を返した。

「猫が見付かったので届けなくては。僕はこれで」

「折角、お茶が入ったのに」

「すみません。お邪魔しました」

恵大が場当たりの挨拶《あいさつ》を並べて廊下に出ると、殿塚が追い縋《すが》るように声を張る。

「また来てください！　お待ちしてます！」

「ありがとうございます」

恵大は急いで扉を閉めて、部屋の前から退散した。

「6、助かった。君はいつもいいところにいるな」

「ナァオ」

小走りに逃げ出した恵大の足が、階段を下りたところで止まる。視界の端を見覚えのある文字列が過《よ》ぎったからだ。

二階、明のいる研究室の右隣に当たる部屋。正門とは反対方向で、今まで目に入る機会がなかった。

縦縞《たてじま》柄の曇りガラスが嵌《はま》ったネイビーブルーの扉が掲げるプレートには、

『集積分析研究室』

一字一句、フォントの種類まで隣室と同じ名称が印刷されていた。

3

二階の廊下は既に落ち着きを取り戻していた。

恵大が念の為に集積分析研究室の扉をノックすると、

「はーい」

と気怠《けだる》い返事が返ってくる。恵大はドアノブを捻《ひね》ったが、様変わりした室内に進み入る足を躊躇った。

やけにがらんとしている。本の塔が残らず壁際に寄せられた所為《せい》だ。

孤独に置かれた机とそこに座る白衣の学生。改めて見ると、大学の研究室としては異様な光景である。

窓に散った赤い液体は随分と薄くなり、外の景色を遮る事はない。桜の木が緑の葉を茂らせて、木漏れ日に夏の訪れを予感させた。

「捜査はどうなった？」

恵大が尋ねると、明は左手の平だけをこちらに向ける。右手はキーボードを叩《たた》き続け、目線は画面に釘付《くぎづ》けだ。

「ちょっと待って下さい。ここまで入力してしまうので」

丸めた背中は暫《しば》く動きそうにない。

代わりに、6が恵大の足元に寄って来て、銜《くわ》えた何かを床に落とした。

「ニャァ」

「猫じゃらし？」

恵大はしゃがんで、6が置いた物を拾い上げた。

天糸《てぐす》の様な透明な糸の先に七色のゴム製のチャームが付いている。元は羽を束ねた形でもしていたのだろうか。今やどの色も千切れてボロボロだ。こうなっても捨てないとなると相当なお気に入りらしい。

「人の気も知らないで、猫も飼い主も暢気《のんき》なものだ」

恵大はポケットから蓋《ふた》付きのボールペンを取り出し、クリップに天糸を挟んで結ぶと、糸を波打たせてチャームを動かしてやった。

「名前、黒の逆で6なのか？」

「最小の完全数です。次の完全数が28なのもポイント高いですね」

片手間に答えた所為だろうか、説明不足が過ぎる。二八でニャの語呂《ごろ》合《あ》わせだけは恵大にも理解出来た。

6は素人のあしらいが気に入らないのか白けた顔をする。が、恵大が『猫の喜ぶ猫じゃらしの操り方』を取り入れるや否や、本能が6の瞳《ひとみ》の色を変え、遂《つい》にはイカ墨クリームパンの様な手でチャームに飛び付いた。

ざっとこんなものだ。ありがとう、インターネット検索。

恵大がスマートフォンの助けを得ている間に、明は数倍難解な文字列をパソコンに入力し終えて息を吐いた。

「よろしく、ゾーイ」

お手製の生成AIに語りかけ、マウスを人差し指の爪で弾《はじ》く。

恵大はペンに天糸を巻き付けながら立ち上がり、胸ポケットに差した。6が抗議するみたいに鳴いた。

「犯人探しでもさせるつもりか？　捜査は警察の仕事だろ」

「警察は捜査してくれないそうです」

「何で」

口を衝《つ》いて出た疑問が、6の不満げな声と合唱してしまう。恵大は咳払《せきばら》いをして冷静な態度に努めた。

「納得いかない」

「まあ、あたしは一学生に過ぎないので、来てくださった警察官と大学の判断を鵜呑《うの》みにする以外に有効な手段を持たざる者ですが」

明が腕捲《うでまく》りをした白衣の袖《そで》を直す。ほつれた袖口《そでぐち》から親指が頭を出した。

「ひとつに、人的被害が出ていない」

明の左手の人差し指が右手の人差し指を押さえる。次に、中指だ。

「また、被害状態の回復が問題なく可能な場合、器物損壊には該当しない」

「正気か？　だって、あんなに窓にべったり血が……」

恵大は窓を見遣《みや》って気が付いた。窓に浴びせかけられた赤い液体が、今は殆《ほとん》ど流れて透明度を取り戻しつつある。無事な窓と見比べなければそういう色のガラスだと思える程度だ。

「水洗いでもしたのか？」

「窓にぶちまけられたのは血液でも臓物でもなく、食紅で色付けしたゼリーでした。ゼリーから色移りして使えなくなったガラス食器を見た事は？」

「……ない」

恵大に覚えがあるのはせいぜい茶渋の付いたマグカップくらいだ。それも漂白剤を吹き付ければ跡形もなく消える。

「最後に、大学側が事を荒立てたくないそうです。犯人はどう考えても学校関係者です。前途ある人々の将来を守る事に異存はあるまいと仰せで」

明《あきら》は諦めと呼ぶにはあまりに淡白に、三本目の指から左手を離した。

「君だってセバスの学生じゃないか。犯人と大学の評判を守って、唯一、被害者の君だけ放置だなんて、悪の片棒を担ぐ犯人隠避罪に等しい」

「あたしは別に構わないですけどね」

「構えよ。自分の心に一番近く寄り添えるのは自分自身の心だぞ」

「はあ」

明の気のない返事と足元でまだ猫じゃらしを強請《ねだ》る6に、恵大の怒りが肩透かしを食う。熱々のラーメンに氷を放り込まれた気分がして、恵大は眉間《みけん》を硬くした。

「せめて注意喚起の形で犯人に釘《くぎ》を刺すとか、授業料を一年間無償にするとか」

「もらえるなら回転寿司のギフト券がいいなあ。サーモンアボカドサラダのサーモンとアボカドとオニオンと酢飯が口の中で消えるタイミングが悉《ことごと》く一致しないとこ、面白くて好きなんですよね」

「いや、何でだよ」

嗜好《しこう》が意味不明過ぎて、汎用《はんよう》的な返しになってしまった事を恵大は悔しく思った。

「恵大君はマグロ派？　ツナ派？」

「同じな」

「サーモン派？　鮭派？」

「養殖でも天然でもいいから。そうだ、警察に告発メールは見せたのか？」

「大学側に止められました。あたしの将来に関わると御心配頂いて」

明がパソコンの別の窓を操作すると、少し離れた場所でプリンターが唸《うな》る。用紙に印刷された横書きの文章は、恵大も先ほど見せられたものだ。

『瀬橋大学。学内違反者、新家明を告発する』

続いて彼の罪状らしき詳細が続くが、一目で全貌《ぜんぼう》を把握するには長い。恵大は紙を手に取り、びっしりと打ち込まれた文字を端から地道に追った。

「上級生に対する攻撃的な言動、共用設備の独占、研究費の使い込み、不透明な出資金」

「動物の飼育が抜けています」

「そりゃあ……」

恵大は横目で足元を見た。猫に言葉が理解出来ないとしても、6に聞かせるのは躊躇《ちゅうちょ》する項目である。当の6が知らぬ顔で欠伸《あくび》をした。

「つまり大学は、告発内容が事実だった場合、困るのは君ではないのかと言いたい訳だ」

「みたいですね」

「君の、その」

「何です？」

明が大きな目をきょろりと丸くする。

泣いて身の潔白を訴えろとは言わないが、彼の他人事《ひとごと》の様な態度は白々しくとぼけているようにも見える。大学サイドの疑念を一概に邪推とも責め難い。

恵大は頭を振ってどちらの言葉も喉《のど》で留《とど》めた。

「分かった。俺が君の依頼を受けるよ」

「よろしくお願いします。あ、費用その他諸々の取り決めは書面でください」

「言った言わないになっても面倒だからな」

「いえ、個人的な興味です。探偵さんに依頼をするなんて滅多にない経験なので、記念に人生のメモリアルブックにファイルします」

何処まで本気なのだか。

「はいはい」

恵大はおざなりに聞き流して、脅迫状の紙と赤色が薄く残る窓を見遣った。

二件には関連性があると見るのが自然だろう。別件の筋も考慮しつつ、事実と背景を洗うのが良い。

まずは情報収集だ。恵大は室内に視線を戻した。

狭い研究室。他の学生はおらず、在るのは猫一匹と本の塔が林立するばかり。

恵大は机の抽斗《ひきだし》を探る明を忍び見て、尋ねる切り口を選んだ。

「あのさ。偶然見たんだが、隣も集積分析研究室なんだな」

話しながら、殿塚の不穏な話が脳裏を過《よぎ》る。

『入学して間もない一年生が私物化したらしくて』

この倉庫の様に狭い部屋を見ても同じ事が言えるだろうか。私物化どころか、まるで彼の方が隔離されているかのようだ。

スーツに身を包んでいるにも拘《かかわ》らず、寒気が恵大の身体を這《は》い上がった。

「人数が多過ぎて入り切れなかったとか？」

「………」

明が不意にモニターを凝視して動きを止める。彼はゼリーの湖に沈んだみたいにスローモーションで瞬《まばた》きをすると、

「何故こんな事をしたのかな」

と、曖昧《あいまい》に答えを濁した。

理由も聞かされずに彼一人だけ研究室を分けられる事などあるだろうか。

「あった、スクラップブック」

明が黄色のファイルを掲げる。

「毎食レシートを貼ってごはん日記にしようと思って、三食で飽きた時のものです。二ページ目から探偵さん日記にしましょう」

「どうぞ三行で飽きてくれ給え」

蒸し返してまでは訊《き》きづらくて、恵大は複雑な溜息《ためいき》しか吐けなかった。

4

恵大が看護系の短大を進路に選んだのは、先人の探偵達が医学と薬学に精通し、僅かな痕跡で犯行現場の謎を解き明かす姿に憧《あこが》れたからだ。

医学部は経済的な問題と、大学で六年、研修医で二年以上という時間の壁を熟考して断念した。決して、高校の担任が恵大の成績表を見て苦い顔をしたのが理由ではないと言っておきたい。

看護の授業はいずれも有意義だった。座学と実習に追われて、ひたすらに知識と経験を詰め込んだ。

学問の道とは本来、勉学を究めればその目的を達成したと言って良いのだろう。しかし、人間は生まれる前から死後墓に入った後も、他者との関係を断ち切る事は出来ない。親交と敵対、庇護《ひご》、迎合、排斥。

大学の片隅の研究室にも小さな社会は形成される。個は会して集団を作り、集団は成して個を変質させるのだ。

恵大は今一方の『集積分析研究室』の前に立ち、軽く握った拳《こぶし》で扉を三度叩《たた》いた。

曇りガラスに人影が迫り、すぐに入り口は開かれた。

「祢津《ねづ》教授は海外出張ですが」

十センチ幅の隙間から恵大より小柄な学生がこちらを睨《ね》め上げる。半袖《はんそで》Tシャツに襟付きベストを重ねた服装が殊更、彼を幼く見せた。

「こんにちは、僕は志貴といいます。依頼を受けまして、調査に御協力頂けないでしょうか？」

「調査って何の。詐欺だったら怒るよ」

「先程の騒動はお聞きになりましたか？」

恵大が説明代わりに尋ねると、扉が三センチまで閉まりかけて止まった。

「何だ。結局、捜査する事になったんですね」

学生が扉を大きく開いて背で押さえる。恵大は笑顔で会釈をして敷居を跨《また》いだ。

こちらの集積分析研究室は八畳ほどの広さがあった。

窓辺に立派な机と座り心地《ごこち》の好《よ》さそうな椅子が鎮座して、不在の主の風格を留めている。豆形をした白い天板のテーブルを取り囲む洒落《しゃれ》た椅子は、おそらく人間工学に基づいた最新型だ。事務所の調度品を揃える時に検討した覚えがある。

テーブルの上に取り残されたマウスが、ここにノートパソコンを持ち込んで作業する学生達の姿を想像させる。

煎餅《せんべい》の袋と空のペットボトルを搔《か》き集めて小さな冷蔵庫の上に追いやる彼もその一人だろう。研究室内での立ち回りは手慣れて、片付ける傍ら、書きかけのレポートを保存し、ロールスクリーンを一部だけ下ろしてテーブルの辺りを日陰にした。

「君は？」

「祢津ゼミ三年の須藤《すどう》です。先輩に留守番を押し付けられました」

答えながら、恵大に椅子を勧める。

恵大が記憶との食い違いに立ち止まると、須藤が再度、椅子を示した。

「座りませんか？」

「いや、ありがとう。ゼミ生……つまり三年生はいないと聞いていたので」

「それ未《いま》だに言われてるんですか」

須藤が辟易《へきえき》した顔でホワイトボードに貼られた紙を一枚、外して恵大の前に差し出した。研究室の当番をリスト化した名簿のようだ。横軸が掃除、ゴミ出し、補充などの雑務名、縦軸に学生の名前が並んでいる。

祢津から始まる一覧には、四年生六名に続いて三年生三名の名が記され、最下段にはボールペンで『二年、新家明』の名が書き加えられていた。

「先生が門前払いしたのは甘い汁を吸おうとした俄《にわ》か希望者です。抽籤《ちゅうせん》にも入れてもらえなかった奴らがしつこくネチネチ文句言って、そこまで行くと娯楽ですね」

「抽籤というのは」

「希望者が定員オーバーした時、選考方法は研究室に寄るんですけど、祢津ゼミは毎年、総当たりの抽籤だったんです」

「お話から察するに、今年は抽籤に参加資格があった？」

「応募資格と言う方が近いかな。初めから祢津ゼミを希望してた三人が確定で、残り枠に余裕はありましたが抽籤はしませんでした」

「どうして？」

尋ねる恵大に、須藤は少し黙って、一番下の、手書きの名前を指差した。

「此奴《こいつ》がいたから」

恵大の心臓が強く跳ねた。

「新家明」

「初見でよく読めますね。ぼくは暫《しばら》くクマノミって唱えてから思い出してました。ああ、捜査してるなら当然か」

須藤が一人で納得して失笑する。恵大を刑事と思っているかのような口振りだが確認はしないでおく。彼は背凭《せもた》れに寄りかかり、二の腕を掻いた。

「学校が何処まで話したか知りませんけど」

「重複して構いません。裏付けと補完になります」

「新家は入学したての前期で、祢津先生の授業を履修しました。祢津先生の授業は出席を取るし、テストの点も成績に入る、内容も難しい、必修でもない、有り体に言うと不人気科目です」

須藤が椅子に深く座り直して上体を起こす。

「ぼくも同じ授業を取ってましたが、全員の顔を覚えられる程度の人数でした。新家は群を抜いて熱心って事もなく、一人で大人しく板書をしてた印象しかありません。でも先生の話では、最初の定期試験で新家の異常さに頭を抱えたそうです」

日常会話でも使用を憚《はばか》られる単語が学生の評価に用いられる、その事こそ異常だ。

「問題児なんですか？」

教授が身柄を確保して、隔離しなければならないほどに。

恵大は声を抑えて尋ねたが、須藤の反応は心の準備のどれとも一致しなかった。

「とんでもない。真逆です」

彼は身体の前で両手を振って目を見開いた。

「新家のノートを見ても、ぼくには正直、半分も理解出来ません。定期試験で先生はその片鱗《へんりん》を摑《つか》んで、彼奴《あいつ》の理論証明の為に動き始めました。学問への援助に積極的な金持ち……名家って呼ばれるようなとこの御隠居さんから多額の出資を得て、セバス初の一研究室専用サーバーの設置を実現したのが去年の暮れです」

「サーバーというと、不勉強で恐縮ですが御説明を頂いても？」

「巨大なパソコンと考えてください。演算速度、そうだな、機械を妖精が動かしてるとしたら、爆速で動けるマッチョが千人いる感じです」

ファンタジックな譬《たと》え話が想像力を間違った方向に加速させる。高性能な事は恵大にも理解出来た。加えて富豪の援助となると設備費も桁違《けたちが》いなのだろう。

「祢津ゼミに希望者が殺到しました。サーバー目的や援助のお溢《こぼ》れに期待する人だけでなく、話題性に便乗したバズりたがりと、よくわからないけど人気だからという運試しまで始まって前代未聞の倍率になったんです」

「それで門前払いに」

「はい。祢津先生の授業を取った事があって、以前から入ゼミの意志を見せていた五人が許可されて、内二人は周りの目を気にして辞退しました」

恵大は記憶に付箋《ふせん》を貼ろうとした。

その二人は明が原因で希望の進路を諦《あきら》めた事になる。逆恨みを考慮するならば、抽籤を中止された学生にも動機はあった。

脅迫状の容疑者候補に入れるべきだと頭が働く一方で、思考に歯止めを掛ける不純物が自身に紛れ込み、濃度を上げていく。情報が上手く整理出来ない。

「他の教員からも学校宛てにクレームが相次いだと聞きました。学びの機会は全ての学生に平等であるべきだ、って」

「祢津教授も御苦労なさったでしょう」

「大変だったと思うけど、嬉《うれ》しそうでもありましたよ」

不純物が蠢《うごめ》いて、恵大の中で棘《とげ》を立てる。

「サーバールームを共用とする体裁で丸く収めて、今は他学科の学生でも許可を取って端末を持ち込めば使用していい事になってます」

「それじゃあ、彼が倉庫みたいな部屋にいるのは……」

「倉庫！　確かに」

須藤が左右の手を叩き合わせて笑う。

そこに嘲笑《ちょうしょう》の響きはなかった。

「あの部屋の本体はサーバールームです。発熱が天敵なので寒いくらいにエアコンを効かせていて、入り浸っていては風邪を引くから簡易壁で仕切ってあるんです」

明の為に作られた最高の研究環境。

恵大は肺を棘で貫かれた思いがして、痛みの幻覚に視線を伏せた。

隔離を疑った恵大の心配は的外れにも程があった。明は歓迎されて名簿に名を連ね、同門と協力して雑事の当番もこなしている。

暑い。

耳から火を吹きそうだ。

「すみません、日光が差してきましたね」

須藤が立ち上がり、ロールスクリーンをもう一枚下ろす。

傾いた陽光が遮られても、恵大の動悸《どうき》が鎮まる事はなかった。

5

この扉も明の為に増設されたのだろうか。

壁で仕切ってサーバールームと研究室の二部屋に分けるだけでは、いずれかの出入りに支障を来す。改築は必須《ひっす》だ。

恵大は首を左右に振り、暗い気持ちを追い払った。

探偵の仕事に集中するのだ。

脅迫状を送った容疑者候補は多い。研究室に入れなかった学生、他学年でも彼の優遇を面白く思わない者はいるだろう。教員間の勢力争いもあるかもしれない。

一方で、ゼリーを撒《ま》いた犯人は不在証明で絞る事が出来る。こちらの問題はそもそもの犯行方法だ。

集積分析研究室の窓に液体を掛けるには、まずバケツなどの容器を抱えて高所に登らなくてはならない。そして、犯行に及び、誰にも見られず退散する。

だが、被害直後に窓を開けた恵大ですら、それらしい人物は見なかった。高圧洗浄機の様な物で遠くから撃ち出すにはゼリーは粘度が高く、桜の木が邪魔になる。

登ったにせよ、遠隔にせよ、木越しに窓を狙ったとしたら葉にもゼリーが付いている筈《はず》だ。それである程度、方向を定められる。

「悪くない」

恵大は顔を上げて、ノックをしてから扉を開けた。

明はモニターを前に先ほどと寸分違わぬ姿勢で座っている。6が待っていましたとばかりに本の塔から飛び降りて恵大の足に纏《まと》わり付いたが、猫のお守りに来たのではない。

「窓を開けてもいいかな？」

「お好きに」

明のように見向きもしないのも癪《しゃく》に障る。

恵大は彼の背後からちらりと画面を覗《のぞ》いたが、精読しても理解は出来ないだろう。専門分野外の当たり前は難解で高尚に見えるものだ。恵大には恵大の餅屋《もちや》がある。

「聞いたよ。この部屋、すごく高性能なパソコンみたいなものなんだろ」

「そうですね。すごいと思います」

明がまた他人事《ひとごと》の様に言う。一歩退《ひ》いて斜め上から俯瞰《ふかん》する態度が格好いいと思う年頃だと思えば、捻《ひね》くれた態度も可愛いものだ。恵大も中学生の時分は無差別な逆張りを個性と履き違えていた。

恵大は窓を開けて、桜の木までの距離を目測した。木の全長は二階より若干高い程度だ。太陽を求めるように南へと枝を伸ばし、表に比べて校舎側は枝が細く短く、葉も少ない。隙間を狙ってゼリーを投げつける事は出来そうだが、人が登るには心許《こころもと》ない強度に感じられた。

犯人にとっては幸い、南側は枝葉が茂っているから、登り降りの時さえ気を付ければ目撃を避けられるだろう。校舎側から見ていた人はいないだろうか。

恵大は背を返して、窓の桟に腰を寄りかからせた。

「すごいパソコンで監視カメラ映像を掌握出来ればいいのにな」

冗談めかした恵大に、明が真顔で首を傾げる。

「何故、そんなものを見たいのですか？」

「ゼリーをぶち撒ける瞬間が撮れてるかもしれないだろ」

「何故？」

明がますます首を傾げるので、恵大の方が困惑して日本語が通じていない事さえ疑い始めた。

「犯行の瞬間だぞ。犯人と手口が分かるんだ。他に何がある？」

「ないです」

今度は拍子抜けするほど素直に同意したかと思うと、明はモニターに向き直り、カー

ソルを操作して表示画面を切り替える。そして、一言、

「ゼリーの投擲《とうてき》方法と犯人の目星は付いています」

信じ難い告白をした。

否、当人は重大な事実だとも思っていない。明の横顔があまりに感情と無縁で、恵大は犯人を知らないのが世界で自分ただ一人であるかのように錯覚した。

「最初から知ってたのか？」

「いいえ。被害状況をゾーイに入力して、実行可能な犯行の手口をシミュレートさせました。ドローンやハシゴ車の使用を条件から外すと、まあこれかなと」

古今東西の情報を学習したＡＩにかかれば難事件も児戯に過ぎないのか。

「物的証拠がないのがネックですが、真実で詰められて白を切れる犯人は強心臓過ぎるので逆に見たいですね」

「……結果が出たのはいつ？」

「三十分くらい前です」

恵大が隣の研究室を訪れる前、明と話していた頃だ。

その事実が、明の何も意に介さない態度が、恵大の自意識《プライド》を踏み潰《つぶ》す。

恵大は推理を求められていなかった。

明が数枚の紙を替わるがわる見て、見付けた一枚を両手で恵大に差し出す。

「お出かけの間にあたしも依頼書を作ってみました。どうですか？」

文頭の『志貴恵大探偵殿』の字面が虚《むな》しさを強調する。依頼内容の項目にある通り、彼は一貫して『密告者の目的』を求めていた。端から恵大に真相解明を望んではいない。

「メールの差出人の見当も付いてるんだな」

「調査に必要でしたか？　すみません、探偵さんのお仕事に無知で。IPアドレスで基礎情報は特定出来ますが、レンタルVPNか公衆WiFiを使っていると思います」

明が速やかにキーボードを操作する。

教授や資産家を動かす明も、彼が作る人工知能も、常人とは一線を画する。異次元の優秀者に張り合っても惨めになるだけだ。

しかし、恵大の胸に立ち込める靄《もや》は重く暗く濃さを増して、一向に晴れないどころか頭の方まで侵蝕《しんしょく》し、明白な理屈を曇らせる。

明から依頼書を受け取る腕が怠《だる》い。文末に設けられた署名欄が子供の口約束より浅薄に見える。

「AIがあれば探偵は要らなくなるな」

恵大の乾いた笑いが喉《のど》を痛め付けた。

人間には人間にしか出来ない事があると言って欲しかった。でなければ、恵大の存在意義は失われる。努力は水泡に帰し、憧《あこが》れは虚無に堕《お》ちる。

望む答えの定められた問いは問答として無意味だが、無駄ではない。

目を合わせない恵大を気にする様子もなく、明が人差し指と中指を顎《あご》に添えた。

「別に、得意な人がやればいいんじゃないですか」

本心が発する声音だった。

「自己フィードバックによる学習を重ねて、AIは二十年以内に人間を凌《しの》ぐと予測されています。八十年後には人口が半分になる国も多い試算です。適切な役割分担をして、余ったリソースを他に割かないと社会が回りません」

彼の言葉の方が大人に聞こえて、恵大の分別の箍《たが》にヒビが入る音がした。

「君には解らない。人間はそんなに単純じゃない」

瞼《まぶた》を上げると、明が僅《わず》かな変化ながらに面食らった顔をしている。

「人の心は」

恵大は声を詰まらせて、先を続けられなくなった。

「むべなるかな」

明の無感動な声が沈黙に蓋《ふた》をした。

苦しい。七歳も年下に覚える劣等感のグロテスクさよ。せめて彼が自分より年長で全くの畑違いだったなら、恵大も手放しで賞賛出来ただろう。

「依頼書にサインだったな」

一刻も早く立ち去りたい一心で、恵大はポケットからペンを取り出した。が、手癖《てぐす》でキャップを外そうとすると、ペンに巻きついた天糸が邪魔をする。

足元で6がニャアニャアとせがむ。

何もかも投げ出したくなった恵大を捕まえるように、明の両手がペンを持つ右手を包み込んだ。彼が猫背で恵大との身長差を埋める。

「な、何だよ」

恵大が振り払おうとするも、明は頑《かたく》なに離さず目を輝かせた。

「あたしのハッピーメモリアルブック、記念すべき一ページ目です」

「蛍光ペンで装飾《デコ》ってそうなノリ……」

「いいですね、採用」

明の愉快なステップに釣られたのか、6も一緒になって楽しげに飛び跳ねた。

6

十歩を数えるごとに人の気配が左の頬を掠《かす》める。

四限が終わって、研究室に学生が集っているのだろう。曇りガラス越しに動く人影や、甲高い笑い声、時に心配になるような強い言葉が飛び交う。

等間隔の扉を意識して歩いてみると、一枚多い二階の扉がイレギュラーなのだと再確認する。

恵大は目的地の前で足を止め、隣で立ち止まる明を見上げた。

「本当に俺が話していいのか？　学校や警察に知らせる手もある」

場合によっては逃げられるかもしれない。

「あたしは恵大君に依頼したのです」

明が揺れる前髪の下で目を細めた。

影響力で考えると、恵大は校則も法律も行使出来ない。が、恵大の職業は傾聴を促すのに一役買う事も予想された。人間は、何を言われるかでなく、誰に言われるかで左右される生き物である。

「やるだけやってみるよ」

恵大は腹を括って扉の木枠を三回叩《たた》いた。

扉を開けたのは、殿塚だった。

「戻って来てくれたんですか！」

彼は恵大を見るや破顔して、しかし、明に気付くと露骨に嫌な顔をした。

「皆さんにお話を聞きたくて伺いました。先輩方はおいででしょうか？」

「いますけど……」

恵大の手前、嫌悪は示しても拒絶は出来ないようだ。殿塚は扉の内側に身を退けて、二人を研究室内に通した。

喜びと不可解、そして不快の色が混ざり合う。

恵大は一杯に息を吸い込んで、膨らんだ肺を心の余裕と自身に錯覚させた。

「先ほどはどうも。韮沢さんと睦月さん。それからそちらは」

青パーカーの学生とTシャツの学生に加えて、緑ジャージの学生が増えている。彼は殿塚に耳打ちされると、恐縮するように肩を竦《すく》めて会釈をした。

「八幡です」

恵大は丁寧に微笑み返した。

「初めまして。僕は探偵をしています、志貴と申します」

「探偵?」

彼らは一様に口を開け、殿塚に視線を集める。殿塚が慌てて細かく首を振った。

呼吸を読む。

四人の意識が恵大に集中するまで三秒、二、一。

「集積分析研究室の件で依頼を受けて参りました」

恵大が告げると、電気が迸《ほとばし》ったように室内の空気が緊張した。

「二階の集積分析研究室、正確を期する為、サーバールームに属する側の小部屋を分室と呼ばせて頂きます。本日十二時半頃、分室の窓目がけて赤い液体を撒《ま》かれる事件が発生しました」

四人に驚く様子はない。流石に全員知ってはいるらしい。

「該当の時間帯、皆さんはどちらにいらっしゃいましたか?」

「えっ」

矛先を向けられて、最も動揺したのは睦月だった。彼が忙《せわ》しなく視線を転じて皆を窺《うかが》うと、八幡と殿塚が巻き込まれるように顔を引き攣《つ》らせる。残る韮沢は他人の動揺を見て却《かえ》って落ち着いたとばかりに、アンダーリムの眼鏡を指の第二関節で押し上げた。

「睦月と八幡とぼくはずっとここにいたよな。殿塚は？」

「おれじゃないです」

殿塚が青ざめて否定する。彼は歪《ゆが》んだ笑顔で恵大に同意を求めた。

「志貴さんには話しましたよね。おれはサーバールームにいました」

「半袖《はんそで》で？」

恵大が黒目を下へ動かすと、殿塚が咄嗟《とっさ》に二の腕を押さえる。

疑問を呈する者はなく、満場の理解が沈黙を厚くした。

「機械は熱に弱い。サーバールームは常に室温を低く設定しているそうですね」

明が白衣を着る理由を防寒対策と称したのは、つまらない言い逃れではなかった。思い返してみると、恵大もあの部屋で度々寒気に襲われている。

「また、殿塚さんは外で僕に声を掛けました。サーバールームに行った後、研究室に戻らず外に出た経緯を教えてください」

「全部の行動に理由がなくちゃいけませんか？　人間って思い付きで意味不明な事をするいい加減な生き物ですよ。冷蔵庫にリモコンが入ってたり、彼女と通話中に元カノにメールしちゃったり」

「マジか、お前」

睦月の冷眼に晒《さら》されて、殿塚が更に慌てふためく。

恵大は仰々しい咳払《せきばら》いで脱線を防いだ。

「理由が必要な言動もあります。猫を捜していると言った時、あなたはすぐに集積分析研究室の名を挙げました。あの時点で僕は猫の特徴すら伝えていません」

校内を歩き回る猫は6だけではない。

「あなたは知っていたんです。僕が集積分析研究室から出て来た事を。そして、同研究室に客人の予定があった事も」

「あたしに客人ですって？」

「いたでしょう。僕と入れ違いで帰った人が」

「……はいはい」

明の空返事は手応《てごた》えがない。恵大は呆《あき》れたが、お陰で推理に確信を得た。

程度の差はあれ四人共が負の感情を眼差《まなざ》しに隠している。

恵大は右手の平を殿塚の方へ差し伸べて、慎重に意識を引き戻した。

「廊下を見張るのが遅かったようです。あなたは、もう一人の客人と間違えて僕を連れて来ました。目的は、先輩方の研究を売り込む為ですね」

「人違いなら人違いって言ってくださいよ！」

「すみません。あまりの熱意に感心して、言いそびれてしまいました」

恵大の賛辞が殿塚をいっそう赤面させる。

「狡《ずる》いよ。ちょっとバズって注目されただけで、巨額の援助金が出るなんて。見てもらえる機会がないだけで、もっと優秀な研究は世界中に溢《あふ》れてるし、先輩らの方が彼奴《あいつ》より百倍立派な人格者だ」

「機会が平等でない事は認めます。しかし、人格否定は討論に於《お》いて禁じ手であり、況《ま》して、第三者の僕にジャッジの資格はありません」

「でも、おれは犯人じゃない。何もやってない」

「はい」

恵大が頷《うなず》くと、殿塚が食ってかかっていた反動で床にへたり込む。

「犯行時、殿塚さんは廊下で待ち伏せをしていました」

殿塚が容疑から外れたのを見て、睦月が安堵《あんど》を吐息で溢《こぼ》した。

「研究室《ここ》にいたおれ達も無関係です。真上から窓だけ狙って液体を浴びせるのは物理的に不可能です」

「では物理的に、犯人はどうすれば窓に液体を浴びせられたと思いますか？」

「知りません。木に登ったか、梯子《はしご》を掛けたか」

「僕は犯行後すぐに外を見ましたが、逃走する犯人の姿は確認されていません。しかし、これを手に入れました」

恵大は束ねた天糸《てぐす》を手に取り、七色のゴム製のチャームを吊《つ》り下げて見せた。

韮沢が眼鏡を押し上げて目元に皺《しわ》を寄せる。

「風船地は分厚く、玩具《おもちゃ》で、風船を結んだ恵大は本心から拍手を送りたかった。


韮沢は口を尖らせたが、恵大は本心から拍手を送りたかった。

水風船と言えば一本のゴムの端に一個の水入り風船を結んだ玩具《おもちゃ》で、風船地は分厚く、いずれ萎《しぼ》むが滅多な衝撃では割れない。七色のゴムの破片が天糸で纏《まと》められた状態を見て、二者を同一と見做《みな》す発想の柔軟さが素直に羨《うらや》ましい。

　恵大は天糸の輪を一重緩めた。

「夜店の水風船に比べて格段に脆《もろ》い、一般的な水風船です。まず、食紅で色を付けた水にゼラチンを溶かします。水風船を膨らませるには水圧が必要ですから、溶液を濃い目に作って、水を入れた後にピペットで加える方法が推奨されるでしょう」

　これはゾーイの提案だ。

　また一重、天糸の輪を解く。

「ゼリー入りの水風船を七つ作って、天糸の端に纏めて結びます。そして、窓の外に垂らし、階下の窓に衝突させて水風船を割る」

「あっ」

　殿塚が身を翻して窓を見る。

　真っ先に反論したのは睦月だった。

「二階は窓の前に桜があります。枝が邪魔で水風船が割れるほど勢いを付けられないのでは？」

「確かに。四階から三階には出来るかもしれないけど」

八幡が納得して指を弾《はじ》く。

恵大は天糸を直線状に垂らして、その中程でペンを水平にした。手首を捻《ひね》って水風船の残骸《ざんがい》を揺らすと、天糸がペンに当たって折れ曲がる。振り子の角度が変わって残骸が勢いを付けた。

「桜の枝は装置の一部です」

韮沢が下唇を噛《か》み、八幡が唇を引き結ぶ。

「でも、都合良く二階に命中します？」

「同じ重さのぬいぐるみでも使って練習すればいい。糸の長さも調整出来る」

殿塚の反論に答える睦月の表情も苦々しい。

恵大は揺れる水風船の残骸を自身の肘《ひじ》に当てた。

「事を成した後、天糸を巻き取って回収すれば完了です。しかし、問題が発生しました。糸が枝に引っかかって途中で切れてしまったのです」

犯人は焦っただろう。決定的な証拠だ。彼は警察に気付かれない事を祈りながら、一刻の猶予もなく回収しなければならなかった。

「八幡さん。今日の日替わりランチは何でしたか？」

「え……」

恵大の質問は答えを必要としない。

「犯行後、研究室から出たのはあなただけです」

八幡が後退《あとずさ》りして、冷蔵庫に退路を塞《ふさ》がれた。

「言い返さないのか？」

韮沢の尋ねる声は頼りなく、一縷《いちる》の望みも手放しかけている。睦月と殿塚は悲しい顔で俯《うつむ》いて言葉も出ない。

沈痛な重圧の下で、人差し指以外を軽く握った手が垂直に挙げられた。

「八幡先輩、素人質問で恐縮ですが」

「！」

明の澄んだ瞳《ひとみ》が八幡を金縛りにする。

「何がしたかったのですか？」

「……何て？」

耳を疑う八幡に、明は全く純粋な眼差しで繰り返した。

「先輩は何がしたかったのですか？　窓は洗い流したら元通り、無成果です。警察の捜査を免れる為だとしても、大学の判断次第では退学もあり得ます。リスクと報酬が不釣り合いだと思います」

「本気で訊《き》いてるんだよな」

「はい」

八幡が冷蔵庫に後ろ手を突いて身体を前に押し出した。

「お前が気に入らないからに決まってる。答えたぞ。満足か」

「理解出来ません」

明は平然として崩れず、傷付ける言葉を吐いた八幡の方が痛々しい顔をしている。

「窓を汚してもあたしの人生に影響はありません。仮にあたしが大学を退《や》めていなくなったとしても、あなたが評価されるかは別問題です。嫌いな人間に時間を費やすより、好きな事に力を注いだ方が有益では？　百歩譲って殿塚先輩みたいに支援者の横取りを試みる方が合理的です」

恵大の胸が、自分が問い詰められているかのように締め付けられる。

明は嫉妬《しっと》心というものを抱いた事がないのだろうか。

才能ある人間に生まれたかった。天才も努力しなければ花開かないと言うが、いくら努力をしても恵大は明の様にはなれない。

『密告者の目的を明らかにしてください』

ゼリーを窓に投げ付けようが匿名のメールを送ろうが、明が退学になる事はない。八幡も密告者も元より期待していないだろう。

気が晴れる。それだけだ。

「お気持ちは分かります」

のは仕方ない。

殆《ほとん》ど独り言の様に零《こぼ》した恵大を、八幡が反抗的な目で睨《にら》む。恵大が明の味方に見えるのは仕方ない。

だが、心情は余程、八幡に近かった。

「人それぞれなんて言葉で片付いたら苦労しないですよね」

「口先だけで同情しないでください」

「見なければいいと何度遠くに追いやっても、不意に思い出しては傷口を抉《えぐ》られる。自分で勝手に付けた傷だから、相手は知りもしないと思うと尚更腹立たしい」

「……………」

八幡が押し黙った。

蓄積した悪感情に振り回されて、必死で目を背けても、限界を超えた瞬間、水風船の様に弾けて泥の様な闇が撒《ま》き散らされる。普段は当たり前に持っている理性や思い遣《や》りにまで飛び散って見えなくする。

身を滅ぼす前に水位を下げなければならない。

一滴ずつでも良い、身体の外に逃していかなければ破裂してしまう。

「惰眠、号泣、暴食、散財、陰口、皮肉。相手を傷付ける事で癒える痛みもある」

恵大にも身に覚えがあった。

『人の心が解らない』

明に指摘しながら、本心では優越感の欠片《かけら》を集めて、胸に空いた穴を埋めていた。

埋めながら、自分の浅ましさに嫌気が差した。

「仮令《たとえ》、痛みが和らいでも、傷は消えません。いずれまた溢《あふ》れ出します。今後も耐えられなくなる度に水風船を作るつもりですか？」

「分かってます。嫉妬なんて究極に自分勝手な感情で、彼奴《あいつ》には何ひとつ関係ない。自分で解決しないと意味がない事は初めから分かってるんです」

八幡が腹の底から声を絞り出す。

韮沢と睦月が言葉もなく俯き、殿塚が目に涙を浮かべる。

「別の方法を考えましょう。あなたに攻撃的な解決策は向いていません」

恵大は八幡の目を見て微笑んだ。

「ゼラチンを加えたのは、液体だと周りに飛び散るからでしょう？　隣室や一階に迷惑を掛けないようにわざわざ手間暇を惜しまなかった。その優しさで御自身も守ってください」

「自分を守る？」

八幡と三人の学生、今の今まで傍観者に徹していた明も僅《わず》かだが、不可解そうに顔を上げる。

彼らは大事な事を忘れているようだ。

「どんな理由があろうと、罪と理解は別物です。情状酌量は罪状リセットボタンではありません。脳内では罵詈《ばり》雑言《ぞうごん》を喚《わめ》き散らかしても構いませんが、行動に移した以上は責任が伴います。人生に於《お》ける不利益と言って過言ではありません」

罪を犯さない事で守られるのは、誰よりまず自分自身である。

「八幡さん。あなたが登っている山にも美しい頂上が待ってますよ」

「絶対です！」

殿塚が率先して同意すると、韮沢と睦月も八幡と視線を交わして首肯した。

「おれはどうすればいいですか？」

八幡がジャージの裾《すそ》を整えて背を伸ばす。

「民事事件で求められるのは大体、被害者への謝罪、現場の状態回復、慰謝料ですが、
新家明さんからの要求はありますか？」

「あたし？　特に何も要らないです。適当に水で流しておいてください」

明が子供みたいに頭を振る。

八幡は途端に不機嫌な顔付きをして、

「眼中にないって態度がムカつく……そうか、ここですね」

眉《まゆ》を開き、言い直す。

「羨《うらや》ましい」

消えない嫉妬は形を変えて。

窓を赤く染める夕焼けが眩《まぶ》しくて、恵大は彼らを直視出来なかった。

7

廊下に出ると陽は随分と傾いていた。無機質な壁が橙色《だいだいいろ》を帯びている。

そろそろゆっくり座りたい。喋《しゃべ》り通しで喉《のど》も渇いた。瀬橋大学の学食は一般開放されているだろうか。恵大は踊り場で立ち止まり、背後を振り仰いだ。

明はまだ三階にいた。考え込むように伏せた顔が、下方に立つ恵大と相対する。

「あたしにも悪い所があったんですかね」

「そう思うのか？」

「分かりません。先輩の動機を聞いて、そういう考えの人もいるんだなあと思いましたが共感は出来ません。何が悪かったのかな」

「悪くない」

恵大は即答した。

明に非はない。それだけは断言出来る。

「君は絶対に悪くない。信じろ。本質《しんそう》を見抜くのが探偵だ」

恵大は明を強く見据えて、静かに前へ向き直った。

(寧《むし》ろ)

内心に湧くのは情けない苦笑い。非があると思ってもらっても困る。妬《ねた》みに罪悪感を抱かれても、より惨めになるだけだ。

「探偵さん」

明に呼び止められて、恵大は上げかけた靴底を床に戻した。

彼は恵大を視界の中心に捉《とら》えたまま、一直線に階段を下りて来る。

「AIの弱点を御存じですか？」

「は？」

議論を投げかけるには時と場所を選ばな過ぎである。逆光で顔は見えないが、どうせいつも通り空とぼけているに違いない。声音は相変わらずの無愛想だ。

何の気紛《きまぐ》れやら。恵大は渋々、答えを考えた。

「電気がないと動かないところ？」

「心を持たない事です」

「そこが売りだろ。感情に振り回されて判断力が鈍る心配がない」

感情論が無駄だとは言わない。明白な結論が感情に阻害され、遠回りをしたとしても、全てが納得する為の重要なプロセスになる。

だから、物事は一筋縄ではいかない。AIの弱点どころか、人間の厄介な特性だ。

明が物憂げに肩を落とす。

「ゾーイに関して言えば明確に短所です」

「感情を持つAIなんてミイラ取りがミイラじゃないか。君も感情は脳のバグだと言っただろう。気分で答えが変わったり、好き嫌いで嘘を吐いたりしてみろ。SFの世界からパニックホラー真っ逆さまだ」

「あたしの言い方が抽象的でした。感情を持つのではなく『感情を解する』」

直感的に、彼がとても恐ろしい事を言った気がして、恵大は気管を冷えた空気で凍らせた。

（いや、人間に取って代わろうって話じゃない。感情解析、つまり人間理解だ）

明が踊り場の中央で恵大に並び、後頭部の寝癖を揺らした。

「例えば、被害と現場の状況を分析して犯行方法や犯人を推測する事は出来ますが、不合理を計算に入れられません」

「確かに。犯罪に踏み切る心理状態がそもそも本人の中でもイレギュラーだよな」

正常な判断能力を失った行動は、同じ人間でも理解しきれるものではない。

「でも、恵大君は二度も犯人の思考を読み解きました」

「！」

明の双眸《そうぼう》が、月明かりに懐く猫みたいに煌《きら》めいている。

「本当に素晴らしい」

恵大はえも言われぬ居た堪《たま》れなさを覚えて、歪《ゆが》む唇を無理やり閉じた。

嫉妬《しっと》、劣等感。認めたくない感情が自分にもあるから、部分的に共感しただけだ。今も明に対する悔しさは拭《ぬぐ》えないのに、全くどうかしている。

（彼の言葉がこんなに嬉《うれ》しいなんて）

明が両手を合わせて恵大に対面した。

「ゾーィの精度向上の為、あたし達に人の心を教えてください」

「……ごめん」

恵大は失言を思い出して、鏡写しに手を合わせ返した。いくら傷付いていたとしても『人の心が解らない』は暴言にも程がある。第一、明は何も悪くない。

「お断りですか？」

明が両眉を気持ち下げると、普段が飄々《ひょうひょう》としているだけに、それだけでしょんぼりと落胆したように見える。

恵大は笑みを抑えきれなくなった。

「引き受けるよ。俺は推理も自力でするけどね」

「当然の事を誇らしげに言うの、巷《ちまた》で流行《はや》っているんですか？」

「君さあ！」

恵大は思わず大きな声を出してしまった。明が小首を傾げる。

「実際、証拠の水風船を見付けたのは探偵さんですし」

「あれは偶然――」

恵大が歩を再開すると、折り返した階段の下から6がこちらを見上げている。

平安《へいあん》初期、宇多《うだ》天皇が綴《つづ》った日記にも記述がある。古来、日本では、黒猫は幸運の象徴とされてきた。

（運が良かった？）

明が6を抱き上げた。黒い尻尾《しっぽ》が甘えるように明の手首に巻き付く。

頭を使い過ぎて疲れているらしい。

恵大は自嘲《じちょう》する笑みを浮かべて頭を振った。

「君はまず、時と場所に合わせたごっこ遊びをしてみるのがいいと思う」

「えぇ、それって意味あります？」

明の胡乱《うろん》な眼差《まなざ》しはこんな時ばかり雄弁である。

「あるよ。いちいち人間性やら言葉の裏を詮索《せんさく》されない。邪推が減って、煩わしい時間の無駄が回避出来る」

「邪推はする方の人間性の問題じゃありません？」

「援助が増えれば研究も捗《はかど》るぞ」

「最低の人参」

辟易《へきえき》と不平を鳴らした明だったが、翌日、恵大は彼の素直さを目の当たりにする事となった。

「御社の方途を具体的に開示して頂き、このような貴重な機会に恵まれた事、感謝しております」

知的な言葉選びと上品な発声は詩歌にも並ぶ。

清潔感のある白い丸首カットソーにシンプルなジャケット、細身のパンツを合わせて、マッシュヘアの前髪を左目の上で軽く分ける。猫背を直した長身は威圧感を与えるに足る高さがあったが、彼の纏《まと》う柔らかい雰囲気が周りの空気を和ませた。

対面するスーツの訪問者が、希望に満ち溢《あふ》れた笑顔で感嘆する。

「私共の開発部門はまだ立ち上げて日が浅く、存在自体を疑問視する声もありますが、お話を伺えて未来の展望が開けました。今後ともお願い申し上げます」

「僕もお会い出来て嬉しかったです」

明が右手を差し出すと、訪問者は感極まった様子で固い握手を交わし、意気揚々と研究室を後にした。

恵大の緊張は未《いま》だ解けない。紳士的な立ち居振る舞いに不覚にも見惚《みと》れてしまう。研究室の狭さと6がいなかったら危うく別人と勘違いするところだ。

入り口で棒立ちになる恵大に気付いて、明が瞼《まぶた》を上げた。

「恵大君、よっすー」

彼は気品のきの字もない挨拶《あいさつ》をして椅子に崩れ落ちると、ネクタイを緩め、ジャケットを脱ぎ、頭を振って前髪を下ろす。

恵大は釣られて脱力した。

「もう終わりか」

「本日のお仕事ごっこ終了でございます」

「俺も仕事相手なんだけど」

恵大は二つ折りファイルを開いて、出来立ての契約書と見積書を取り出した。

明が書類を受け取り、口角を上げる。

「探偵さんは本質を見抜いてくれるんでしょ？」

「……っ、探偵だからな」

恵大は毅然《きぜん》と胸を反らした。

現実は未来より近く、他人への羨望《せんぼう》が視界を覆って自身の理想を見えなくする日もある。けれど、強《したた》かに格好よく、憧《あこが》れに並び立つ探偵になりたい。

明が見積書の裏面にスティック糊《のり》でスマイルマークを描く。彼が裏返した紙を押さえるのを真似して、６がスクラップブックの一ページ目に足跡を付けた。

幕間

1

茶系で統一された色鉛筆の箱は、雅乃が愛する宝物のひとつだ。

カカオマスのダークブラウン、西洋栗のマルーン、イカ墨由来のセピアに、コーヒー、シナモン、キャラメル、ビスケット。

雅乃はクリップでノート状に束ねた紙を開いた。

白い紙に、二重線で描かれたドームが六個ずつ並んでいる。輪郭線だけを印刷したボンボンショコラの断面図だ。

ボンボンとは一口サイズのチョコレートの総称である。

何を入れても自由、何で覆っても自由、色も形も決まりはない。

雅乃がダークブラウンの色鉛筆で二重線の間を塗り始めた時、玄関の鍵《かぎ》が開く音がした。下宿人が帰宅したようだ。足音はダイニングキッチンの手前で物怖《ものお》じするみたいに歩を躊躇《ためら》ってから、遠慮がちにクリスタルビーズの暖簾《のれん》を潜った。

「ただいま戻りました」

二階に事務所兼住居を構える探偵さんのお帰りだ。

朝食の席では今時の難しそうな髪型を器用にセットして、スーツの袖口《そでぐち》から出るシャツの幅まで整えていた彼だが、公園でも走り回ったのだろうか、ネクタイの結び目は崩れ、ズボンの裾《すそ》にはツツジの葉が付いている。

見なかったフリをして——否、仮に目が合おうが、素通りして自室に戻って構わないのに、恵大は雅乃の姿を見ると毎回、律儀に挨拶をした。

「お帰りなさい、探偵さん」

「あんまり静かだから、眠っているのかと思いました」

どうやら心配してくれたらしい。彼からすれば祖父母と変わらぬ年齢だろうから、倒れでもしたら一大事と思っているのだろう。

雅乃はにこりと微笑んで、色鉛筆を手に取ってみせた。

「チョコレートの設計図を描いていました」

「レシピですか?」

「御覧になる?」

雅乃がノートを彼の方へ向けると、恵大は冷静な表情でダイニングチェアに腰を下ろした。彼はとても紳士的だが、瞳《ひとみ》は店を初めて訪れる子供達と同じくらい輝いている。

そういう時、雅乃は自分を魔法使いだと思うようにした。彼らの夢を壊さず無垢《むく》な期待に応《こた》えられるショコラティエでありたい。そして大人にも、チョコレートが魔法みたいに幸せを齎《もたら》す事を願っている。

「新作のボンボンショコラです」

雅乃はノートを恵大の前に広げてみせた。

「他のページを見ても？」

「どうぞ」

恵大が白紙のページから戻り、着色済みの図案をひとつひとつ視線で遡《さかのぼ》った。

「外側の層をシェル、内側をセンターと呼びます」

「饅頭《まんじゅう》でいう皮と餡《あん》ですね。餅《もち》にするか求肥《ぎゅうひ》にするか、中身をこし餡にするかつぶす餡にするかの計画書ですか」

「探偵さんは飲み込みが早くていらっしゃるわ」

「分かりますよ」

恵大が左の眉《まゆ》を下げたが、雅乃にお世辞のつもりはない。

今日に限らず、恵大は会話の理解が早く、解釈が的外れな事も殆《ほとん》どない。人の話に耳を傾けるのが苦でないのが分かる。それでいて下卑た好奇心や利己的な計算高さを感じさせないから、幼い頃からの気質なのだろう。

探偵に役立つ能力なのか雅乃には分からないが、少なくとも年長者を喜ばせるのは間違いなかった。雅乃もつい楽しく話してしまう。

「センターの組み合わせは無限です。ナッツに糖液をかけてペースト状にしたプラリネ、砂糖と水飴《みずあめ》を煮詰めたフォンダン、そこに生クリームやバターを加えるキャラメル、果汁のゼリー、ドライフルーツにクッキー、ウェハース」

「僕は外側の印象で味を予想してしまっていたかもしれません。そうは言っても、高級なチョコレートはトリュフくらいしか知らないんですが」

「トリュフもボンボンショコラですよ。丸い形のものを特にそう呼びます」

「因《ちな》みに、茸《きのこ》のトリュフとの関係は……」

「茸のトリュフに色と形が似ている為にその名が付きました」

「成程。長年の謎が解けました」

恵大が感嘆を示す。

「お役に立てて嬉《うれ》しいわ」

雅乃も自然と目元を綻《ほころ》ばせた。

穏やかな夜の時間はジャンドゥーヤの上等な甘さに似ている。しかし、優しい心地は間もなくアーモンドを焦がしたような苦味に壊された。

先にその音を聞き付けて立ち上がったのは恵大だった。

遅れて、雅乃の耳にも異変が届く。

「何かしら？」

な籠《こも》っているのに突き刺すような音が空気を震わせる。幾重にも糖衣を纏《まと》わせたような
その音は止む事なく、耳を澄ますと人の声が紛れているのが分かった。
「警報だ……近いですね」
恵大が緊張した面差しで席を立つ。
「私《わたくし》も」
雅乃はいつもの癖でガス栓とオーブンを確認してから、一度閉まった扉を再び開いて
表に出た。
通りには人が集まりつつあった。警報が鳴っているのは隣に店を構える生花店『ルー
ス・フルール』の一階店舗だ。ガラス張りの暗い店内で赤い光が明滅して不気味に壁を
照らしている。
雅乃が追い付くと、恵大が背伸びをして中の様子を窺《うかが》っていた。
「警備会社のアラームです。メッセージを聞く限り、警告段階を過ぎて通報が行ったよ
うですが、出てくる者がいないか周りを見てきます」
「お気を付けて」
駆け出した恵大の背に声を掛けて、雅乃は辺りを見回した。
店の前で足を止めているのは大半が通行人で見知った顔はない。裏手のアパートの住
人が数名いる程度で、店舗の従業員は自宅に帰り着いている時間だ。
アラームはまだ鳴り止まない。

心細く立ち尽くしている雅乃の肩に冷たい手が置かれて、雅乃は飛び上がりたい気持ちを精一杯堪《こら》えた。

「長門さん」

「あら、白峰《しらみね》さん。まだお店にいらしたの？　お疲れ様」

「新メニューの開発で根を詰めてまして、明日の準備が終わったところです」

二軒隣の青果店『白峰珈琲店《コーヒー》』の店主だった。家族で青果店の傍らフルーツを使ったメニューとコーヒーを提供するカフェを営んでおり、ショコラティエ長門の様に住居と一続きの店舗ではなかったが、仕込みで朝が早く、夜は遅い為、こうして顔を合わせる機会も多い。

白峰は不安げだが微笑みを欠かさず、彼の腰にしがみ付く少年の背を摩《さす》った。

「茂果《もか》。ショコラティエのおばさまに御挨拶《ごあいさつ》は？」

「……こんばんは」

「はい、茂果さん。こんばんは」

雅乃が身を屈《かが》めて挨拶を返すと、茂果が白峰のシャツを引き寄せて顔を隠す。白峰夫妻が仕事の合間に彼を幼稚園に送り迎えをする際に行き合うと、いつもは会話のキャッチボールが続くのだが、今日はそんな気分になれないらしい。

大人でも不安になる光景だ。

「オーナーさんに連絡は行っているのかしら」

「うちにコーヒーを飲みに来た時に、週末まで出張と言ってたんです。泥棒と鉢合わせするより良かったと思いたいですけど」

白峰が疎《まば》らな人集《ひとだか》りを見て首を巡らせる。雅乃も倣ってみたが、街灯の明かりは頼りなく、ルース・フルールのオーナーは元より、店員の顔も見付けられない。

「お父さん、けいびやさん来た！」

茂果の声に振り返ると、警備会社のワゴン車が路肩に停車して、制服の警備員二人が駆け降りて来た。

「自分がオーナーさんの事、お話しして来ます」

「それがいいわ」

雅乃の同意に、白峰は頷《うなず》き返して茂果を抱え上げると、警備員に駆け寄る。彼が懸命に説明する腕の中で挙手敬礼をする茂果の姿が、雅乃の張り詰めた気持ちを和ませた。

「やあ、到着しましたか」

入れ替わりで恵大が路地から出て来た。

「探偵さん。どんな様子でした？」

「裏手の窓が開いてました。それでセンサーが反応して警報が鳴ったようですね」

「まあ、それじゃあ誰かが」

雅乃は寒気を覚えて両肘《りょうひじ》を掻《か》き合わせた。しかし、恵大は浮かない顔でシャツの襟元に指を差す。

「子供も通れない幅の窓です。猫なら何とか」

ルース・フルールに動物はいない。

「窓ガラスは無傷で、内側から鍵《かぎ》を外して開けられたようでした」

「閉め忘れかしら」

「残念ながら、鍵が開いてるとセキュリティ設定時にエラーが発生します。ですから、非常に奇妙な状況です」

恵大が左の頬だけを膨らませて腕組みをする。

「セキュリティセンサーは設定に応じて機能します。あの警備会社の場合、窓の開閉で即時通報されるのは、外出モードか就寝モードにした時です」

「お店に人がいる時に窓を開けられないと困るから？」

「はい。他方、玄関の開け閉めには猶予があります。帰宅した時にまず予備警報が鳴り、三分以内に在宅モードに切り替えれば止まります。通報はされません」

雅乃は彼の言葉を切り分け、箇略化してタグにし、自分が分かりやすい位置に並べ替えた。

ショコラティエの資格試験やチョコレート検定を受けた時に、自身の学習の容量がさほど大きくない事を思い知った。その時に身に付けた脳の整頓《せいとん》術は実生活でも活《い》きている。情報の劣化や欠落から記憶違いを生じる恐れだけが要注意だ。

「閉店の時に外出モード、誰か来てスイッチオフ、窓を開けて警報……変ですね」

「そうなんです」

恵大が深く頷く。

「不埒《ふらち》な何者かが侵入したと仮定すると、侵入者は玄関を開けて予備警報が鳴る中、窃盗か何か、侵入目的を果たした後に窓を開けて警報を鳴らし、玄関を施錠して出て行った事になります」

何故、施錠したと分かるのだろう。雅乃は恵大が店の方を見ているのに気が付いて視線の先を重ねた。警備員が仰々しいケースから合鍵《あいかぎ》を取り出して、入り口の鍵を開けている。

「侵入者がまだ中にいればそう不自然でもありませんがね」

警報が鳴っているのに逃げない点を除いて、と恵大が付け加える。

警報が鳴り止む。警備員が連れ立って出て来る。

やがて、自転車で駆け付けた店員が慌てて植木鉢をひっくり返すのを見て、侵入者が店に入った方法のみが解き明かされた。

植木鉢の下に、警備員が使った合鍵と同じ鍵が無防備に隠されていた。

2

噂は一晩で地球を七周半すると、雅乃の夫は笑っていた。

亡くなる間際は病気の影響か別人の様だったが、ユーモラスで優しかった頃の記憶も色鮮やかに遺《のこ》っている。消えてくれた方がすっきり憎めたのかもしれない。

雨が降って、雲が晴れるように、辛《つら》い日々を思い出しては胸が痛み、同じ心で幸せな日々を愛おしく思う。

「人は一生、大人になれないのかしらね」

チョコレートのショーケース越しに、雨に煙る街並みを眺めた。

小走りの人影が店の前を横切り、すぐに扉の開く音がする。普段は聞こえない開閉音が雅乃の耳に届いたのは、店内に客がおらず、外が雨で静まり返っている所為《せい》だろう。

雅乃はカウンターから出て、鹿撃ち帽の影を貼り付けた側面の扉を押し開けた。

「雨は大丈夫でした？　探偵さん」

思った通り、玄関口で恵大がスーツの水滴を払っている。

「だいぶ小降りになってきたので、走って帰れました」

「タオルをお使いになる？」

「いいえ、本当に少しですから。お店の方はいいのですか？」

「チョコレート日和ではないみたい。よかったら、スコーンをお持ちになって」

この客足ではきっと余らせてしまうだろう。それならば、お裾《すそわ》分けは最初に取り分ける方が互いに気持ちが良い。雅乃が扉から小さく手招きすると、恵大は「それじゃあ」と遠慮がちに会釈をしてハンカチをしまった。

「胡桃《くるみ》とベリー、オレンジとシナモン、どちらもチョコレート入りです」

「ありがとうございます」

雅乃はトングを右手に取り、反対の手でショーケースのトレイを引き出した。途端にふわりと広がる小麦粉とバターの香りは我ながら絶品である。

恵大がボンボンショコラのケースを見るともなしに眺めている。頭の中では別の事を考えているのが、横顔の曖昧《あいまい》な表情から見て取れた。

「警察は来なかったようですね」

店の入り口を気にかけながら、恵大が声を潜める。

雅乃はグラシン紙で胡桃とベリーのチョコレートスコーンを包んだ。

「街の噂で、警報は機器の不具合だったと聞きました」

「どなたが？」

「お花を買いにルース・フルールさんを訪れたお客さんが、店員さんから聞いたそうです。それが人伝《ひとづ》てに広まったのでしょう。私《わたくし》は午前中にいらした常連のお客様から教えて頂きました」

「妙ですね」

恵大が腕組みする。濡《ぬ》れた前髪が額に張り付いているが、煩わしくないのだろうか。彼は肩口に残った水滴を目にして、シャツの袖《そで》を伸ばし、吸い取った。

「僕は窓が開いてたのをこの目で確かに見ました。つまり、警報装置は正しく作動した事になります」

「あらまあ、そうね」

双方の話を鵜呑《うの》みにして、相反している事に気付かなかった。

「雅乃さんは人が善過ぎます」

恵大が見抜いたように苦笑いする。流石は探偵だ。

「けれど、どうしてかしら。ひょっとして……泥棒があの時まだ中にいて、そうっと窓を閉めて逃げた？」

「別の可能性を挙げますと、ルース・フルールのオーナーが事を荒立てないよう取り決めた嘘の線も考えられます」

「まあ」

信用は賽《さい》の河原の石の様にひとつひとつ、歳月をかけて積み上げなければ得られないが、崩れる時は一瞬である。

恵大が肩を竦《すく》めて首を振った。

「僕はオーナーの人となりを知りません。どんな事情があるか見当も付きませんが、虚偽だとすると、深夜出動に風評被害、警備会社には気の毒な話になります」

「そうね。どちらとも他人が決め付けられる事ではないわ」

雅乃はグラシン紙にオレンジのスコーンを包んで、小サイズの紙袋を開いた。

「耳が痛いです。探偵の推理は時に臆測《おくそく》を含みます」

「でも、必ず真相を明らかになさるのでしょう」

「彼奴《あいつ》と同じ事を言う」

「『彼奴』？」

「いえ、何でも」

恵大が誤魔化すので深追いはしないでおく。

雅乃が微笑んで目線を動かすと、空き時間に書いていたノートが目に入った。

「人はボンボンショコラの様ですね。苦く見えて甘く、甘そうに見えて辛く、割ってみなければ本心は分からないのです」

「成程。留意します」

恵大がやけに神妙に頷《うなず》いた時、店の前で大小の傘が折り畳まれた。

扉を開けたのは、昨晩以来の二人だった。

「こんにちは」

「白峰さん、茂果さん、いらっしゃいませ」

茂果は戸口横に積まれた板チョコレートに目を奪われている。

「自由に御覧になって。お手伝い出来る事があればいつでもお声がけください」

「助かります。妻が体調を崩して、ここのマフィンを食べないと治らないと言って聞かないんです」

「まあ、大変！」

「お勧めはありますか？」

チョコレートの歴史は古く、使われるスパイスは魔女の薬とも呼ばれたが、消化器系の不調であれば逆効果にならぬよう種類を選ぶ必要がある。

「雅乃さん、僕は後で大丈夫です」

すかさず恵大が退いて、コインチョコの陳列棚へ移動する。雅乃は有り難く目礼を返し、白峰に笑顔で向き直った。

「簡単に御説明いたしますね」

「お願いします。茂果も好きなチョコレートを選んでいいよ」

「まずこちらが――」

雅乃は端から順にマフィンの特徴を並べていく事にした。その間、茂果と恵大が店内を見て回る。恵大は明らかに時間潰《つぶ》しだが、茂果もまた、チョコレートに関心を示している訳ではなかった。

「この店、セキュリティしてないの？」

茂果が背の高い扉を上から下まで見て眉根《まゆね》を寄せる。

雅乃は咄嗟《とっさ》に答え損ねた。思いがけない質問で驚いたのだ。

「すみません。茂果、食べたいチョコは決まったのか？」

白峰が口調を厳しくして尋ねると、茂果が首を振り、ボンボンショコラのショーケースに張り付く。白峰は慣れた顔で嘆息した。

「あの子なりに心配なのだと思います。この辺りで空き巣騒ぎが続いたじゃないですか。昨日はルース・フルールさん、先週はライニングさん併設のコインランドリー」

「空き巣でしたの？」

「警報が鳴って盗る前に逃げたようで、被害はないそうですが」

「そう言えば、白峰さんの所も二度ほどありましたね」

「お恥ずかしながら、うちのはどっちもミスです。ホワイト抹茶マフィンとフォンダン・ショコラにします」

白峰が話の途中で注文を決める。

雅乃は茂果の選択を待つ為、ゆっくりした動きでトレイに二つを取った。

「一回目は自分と茂果の留守中に妻が寝ぼけて警報を切らずにゴミ出しに行った後、その足でコンビニに寄って警報が鳴りっ放しに。二回目は茂果が設定パネルで遊んでいて通報ボタンに触ってしまったんです」

「あらあら」

「警報装置が作動した時の出動は無料、個人都合の通報でも三千円の出張費で済みますが、連日は申し訳なくて頭が上がらなかったです」

「何事もなくて良かったわ」

茂果がじっとこちらを見るので、雅乃はボンボンショコラのケース前に移動して、ビニールの手袋を両手に嵌《は》めた。

「ルース・フルールさんは機器の不具合だと仰《おつしや》っていたそうです。ライニングさんからも被害があったとは聞いていません」

真実は知らないが、幼子を安心させる為の噂があっても良い。

「でも……」

茂果が悲しそうな声で口籠《くちごも》る。

「それに、うちも最高の警備員と契約していますよ」

「！　本当に？」

「はい。本当ですとも」

雅乃は忍びやかに左目を閉じてみせると、恵大が意味を読み取って照れ笑いした。

茂果も納得したようで何よりである。

「マフィン、お包みしますね。茂果さんはお決まりですか？」

「え？」

ショーケース越しに尋ねられて、茂果がたった今、目を覚ましたみたいに素《す》っ頓狂《とんきよう》な声を出した。

「まだ決めてなかったのか」

「ゆっくりで大丈夫ですよ。茂果さんが考えている間、マフィンだけ先にお持ちになります？」

「そうですね、お願いしようかな」

白峰が腕時計を確認するのを見て、恵大が彼の前に悠然と進み出た。

「よろしければ明日《あした》の仕込みが終わるまで、茂果君をお預かりしましょうか？」

「え？」

白峰が、茂果にそっくりの表情をする。

雅乃も少し、驚いていた。恵大は誰にでも人当たりが良いが、自ら積極的に関わる気性ではないと思っていたからだ。

「お節介かとも思いましたが、幼稚園に送る余裕もなかった御様子、お店に奥様の看病となれば手が足りないでしょう」

恵大がいつもの親しみある笑顔で、左膝《ひだりひざ》をたたんで茂果と目線を合わせる。

「なあ、茂果君。お父さんのお迎えが来るまで、一緒に夕飯を食べてゲームでもして待ってるのはどうかな？」

「えぇ……お父さん。いいの？」

茂果が戸惑う顔で白峰を窺《うかが》うと、白峰が当惑気味に雅乃を見る。

「お二人さえよければ、うちは構いませんよ」

「ありがとうございます。茂果、いい子で待てるか？」

「できる！」

茂果が小さな握り拳《こぶし》を作って力強く答えた。

「それじゃあ、よろしくお願いします。正直助かります」

「よし、茂果君。まずは僕の秘密基地を案内しよう」

「秘密基地⁉」

恵大が茂果を誘う姿に慣れを感じたのは雅乃だけではないだろう。白峰の顔にも安堵《あんど》が浮かぶ。

「ガトーサンドはおまけです。白峰さんも合間で休憩なさってください」

「何から何まで」

白峰が恐縮して何度も頭を下げる。雅乃が紙袋の口を折るより早く、閉まりかけた扉の隙間から楽しげに笑う茂果の声が聞こえた。

3

ショコラトリー長門は陽が落ちると共《とも》に眠りに就く。

雨の日でも変わらない。街に明かりが灯る頃、国立天文台暦計算室が発表する日没時刻に沿って閉店する。理由は簡単、分かりやすいからだ。

恵大との賃貸契約に含まれているのは朝食のみだが、夕飯に誘うと、茂果と二人で仲《なか》睦《むつ》まじい兄弟の様に駆け下りて来た。

ホワイトシチューに鶏肉《とりにく》の香草焼き、恵大は主食に白米を選び、茂果は要らないと言うので用意したテーブルロールは雅乃が頂く。付け合わせの温野菜は茂果の方が喜んで、恵大が嫌いな訳ではないと見栄を張るのが微笑ましかった。

「食後のお茶を淹《い》れますね」

雅乃が冷蔵庫のフルーツゼリーを手にする傍で、恵大がシィと人差し指を立てる。見ると、食器の片付けをしている間に、壁際のベンチで茂果が眠ってしまっていた。

「このまま寝かせてあげましょう」

「じゃあ、タオルケットを」

囁《ささや》き声で答えた雅乃に先んじて、恵大が自ら上着を脱ぐ。彼はそれを茂果に掛けて静かに後退《あとずさ》りした。

「雅乃さんは休んでください」

「そう？」

ここに残って二人で息を潜めているのも奇妙な話だ。雅乃は彼の言葉に甘えて三階の自室に引き上げた。

白峰がいくら遅くなるとしても、日付が変わる前にはカフェの店仕舞いと仕込みは終わるだろう。昨晩も二十二時は過ぎていなかった。雅乃は風呂《ふろ》に入り、髪を乾かし終えて、本でも読むかとカウチに腰かけた。

静かだ。

音がマイナスになる事はないのに、無音を超えて怖いくらいに静まり返っている。

いつ雨が上がったのか。カーテンを数センチ開けると、人気《ひとけ》のない真っ暗な通りに佇《たたず》む街灯が普段より高く聳《そび》えて見える。目を逸《そ》らす間にもその身が伸びて、時代に取り残された光の熱に灼《や》かれるのではないかと錯覚する。

そんな奇妙《おか》しな妄想が生まれるのは俄《にわ》かに跳ねる胸騒ぎの所為《せい》だ。心拍数が先走って、思考が内側から追い詰められていくのが分かる。

雅乃は部屋を出て階下を見下ろした。

茂果は今も眠っているのだろうか。恵大がいるはずだがあまりに暗い。茂果を連れて部屋に戻ったにしては、二階まで下りても人の動く気配がしなかった。

雅乃が忍び足で廊下を進み、一階への階段が見えてきた時、柱の陰に人が立っているのに気が付いて心臓が竦《すく》み上がった。

「……！」

危うく声を上げるところだった。

「探偵さん」

「失礼しました」

暗がりの中で、恵大が殊更、声量を絞る。彼の視線が返る方向を見遣《みや》ると、一階の廊下で何かが蠢《うごめ》いた。

猫にしては大きい。そもそもショコラトリー長門に猫はいない。

蠢く者は玄関の鍵《かぎ》を開けようとして、開錠に手こずって後退りする。ヨーロッパでは一般的な形式だが、日本では馴染《なじ》みが薄いだろう。雅乃も初めて外に出た時は開錠に実に五分を要した。

蠢く者が諦《あきら》めて、壁に身を擦り付けるように動き、店舗への扉に手を掛ける。ドアノブはビクともしない。そちらはシンプルな鍵で開く旧式のシリンダー錠だが、ピッキングの術《すべ》は持たないようだ。

では、どうやって侵入したのだろうか。

蠢く者がダイニングキッチンへ身を返すのを見届けて、恵大が右足を一段下ろす。そして、また一段。

雅乃は後に続いて彼の足跡を踏んだ。

恵大が壁に背を寄せて雅乃に目配せする。彼が隙を見て扉口の反対側に立ったので、雅乃は顔を半分だけ出してダイニングの中を窺った。

蠢く者が椅子を引きずる。その後ろ姿は妙に夢中に見える。彼は椅子を壁際まで運ぶと、座面に上り、窓の鍵に腕を伸ばした。

鍵が外れる。

窓が開く。

蠢く者は椅子から飛び退《の》いてキッチンに逃げ込み、暫《しば》しの静寂の間の後、訝《いぶか》るように顔を覗《のぞ》かせる。刹那《せつな》、照明が眩《まばゆ》い光を発した。

恵大が照明のスイッチから手を離して、にこりと微笑んだ。

「おはよう、茂果君」

茂果が青い顔で立ち尽くす。

雅乃は事態を呑《の》み込めなかった。目を覚まして、恵大と雅乃の姿を捜して手当たり次第に扉を開けようとしたまでは良い。

窓を開ける理由が、どれほど考えても思い付かなかった。

茂果が天井に至るまで室内に視線を巡らせる。

「警報は鳴らないよ」

「何で？」

「君の質問に答えるから、君も僕の質問に答えて欲しい」

恵大が椅子を元の位置に戻して腰を下ろした。

「お花屋さんの窓を開けたのは茂果君だね」

「！」

茂果と雅乃自身の驚愕《きょうがく》が異なる種類の感情だと気付いた瞬間、恵大の言葉が正しいのだと直感的に分かってしまった。

何故、と問うのが好手とは思えない。雅乃の立場で取るべき態度を決めかねて、しかし押し黙るのも気まずくはないかと狼狽《うろた》えてしまう。こんな時ほど年の功が活《い》きて欲しいのに、心だけがただただ痛い。

「失くなった物はないと聞きましたが」

「侵入の目的が物盗りじゃなかっただけです」

「他所《よそ》のお家《うち》に入る目的なんて……」

雅乃は思い付かない。況《ま》して、四歳の茂果にあるとは思えない。

怯《おび》えた仔猫《こねこ》の様に震える茂果に、恵大が声音を軽くした。

「警備員さん、格好いいよな」

困惑の雲間に一筋の光が差す。

「僕も君くらいの時、消防車と消防隊員さんに憧《あこが》れて、家の近くの消防署に通い詰めていた。毎日見ていたら朝礼の時に一緒に並ばせてくれて嬉《うれ》しかった」

雅乃の当惑を他所に、見つめ合う恵大と茂果の間には疑念の介入する余地がない。

それが動機だと言うのだろうか。

「お母さんのうっかりで来た警備員さん。会いたくてボタンを押して呼んだら、前日と違ってお金が掛かった。その上、お父さんとお母さんを謝らせてしまった」

恵大がゆっくりと優しい口調で彼の物語を紡ぎ直していく。

「コインランドリーで窓を開けた時は上手くいった。お花屋さんも鍵の隠し場所を見かける事があったんだろう、玄関は開いたけど、警報が鳴らなかった」

「そうなの？」

雅乃は意表を突かれて口を挟んだ。恵大が振り向く。

「作動はしていたんですが、玄関を開けた時に鳴るシステム音は『お帰りなさい』なんです。家主が帰宅していきなり警報を鳴らす訳にはいきませんからね。三分間、放置すればアラーム音に切り替わるとは知らず、コインランドリーの時の様に窓を開けてアラームを作動させました」

「五月蠅《うるさ》い。あっち行け」

茂果の幼い拒絶が雅乃の胸を締め付ける。

苦しみを和らげられるなら、自分が堪《こら》えて丸くおさまるならば、仮令《たとえ》、傍目には非道でも筋が通らなくとも、受け止めて許してしまいたくなる。

『五月蠅い、向こうへ行け』

今でも思い出す。

少し間違えただけだ。

悪気はない。

普段は善い子で、優しいところも知っている。

そんな数々の言い訳をしているのは、許したがっている雅乃の方だ。

「気持ちは解る」

恵大の言葉に、雅乃はハッとして視線を擡《もた》げた。

彼は茂果を自分の隣に座らせて、話を続ける。

「そして、大好きなら邪魔をしてはいけない」

「……間違いでも鳴ったら来るのがお仕事だって言ってたもん」

「では何故、お父さんは警備員さんに謝ったのだろう？」

黙り込んで首を振る茂果の両目が潤んで、今にも涙が溢《あふ》れそうになる。

頭ごなしに怒るのは暴力も同然だ。しかし、知るべき現実を教えないのもまた学習の機会を奪う暴力である。

雅乃は深く息を吸って、乱れる鼓動を整えた。

「茂果さん。一緒にお父さんとお母さんに教えてもらいましょう。私《わたくし》もよく間違えるのですよ」

「大人なのに？」

茂果が唇を尖《とが》らせる。

「ええ、答えが分からない事もいっぱい。だから大丈夫です」

雅乃に出来るのは、彼の機会を潰《つぶ》さない事だけ。その道中で苦しみを取り除く手助けになれるとしたら、先人として喜び以外の何物でもない。

茂果は椅子から下がる両足を前後に揺らしていたが、横目に恵大を見て、それから雅乃を見上げる。

「ごめんなさいも一緒に来てくれる？」

「はい。手を繋《つな》いで行きますか？」

「うん」

茂果の目から大粒の涙がぽろぽろ零《こぼ》れ落ちた。

4

朝陽が夜の影を消失させる。

茂果を送り届けて帰宅した時は、翌朝は起きられないのではないかと思うほど疲れていたが、日が昇ってみれば定刻に目が覚めて眠気も晴れていた。

雅乃は身支度をしてキッチンに下り、フライパンをコンロに載せた。

「おはようございます」

ビーズ暖簾《のれん》を真ん中で分けて、恵大が顔を覗かせる。洒落《しゃれ》たスーツに今時の髪型で決めているが、瞼《まぶた》は若干、重たげだ。

「おはようございます。お早いですね、探偵さん。朝食はいかが？」

「いただきます。コーヒーセットしましょうか？」

「ありがとうございます」

雅乃が茶棚の前を譲ると、恵大がまだ辿々《たどたど》しい手付きで豆を挽《ひ》き、コーヒーメーカーに水をセットする。

目玉焼きはひとつだけ両面焼きにする。ベーコンを切らしていたのでウィンナーを添えて、並べるブロッコリーとトマトは瑞々《みずみず》しい。

パンにバターを塗ってフライパンに伏せ、チーズを挟んでパンを重ねる。両面がこんがりするまで焼くと、溶けたチーズが熱いフライパンで雫《しずく》を焦がして心躍る音と香りを立てた。

「御一緒しても？」

「こちらこそ」

雅乃が笑って答えると、恵大がマグカップにコーヒーを注いで席に着いた。

「あの、朝食の席に相応《ふさわ》しい話題ではないかもしれませんが、白峰珈琲《コーヒー》店……茂果君と御両親はどうでしたか？」

いつもは朝ゆっくりの彼が眠い目を擦《こす》って早起きしてきた訳だ。

雅乃は小さく首を振って了承を示した。

「お二人は茂果さんの行動力に唖然《あぜん》としてはいましたが、話をしている内に、あの子の目的が私欲ばかりではないと分かったのです」

「制服の警備員を見たいという以外にも目的が？」

「元気になって欲しかった、って」

雅乃の答えに、恵大は思案に暮れるような顔をする。雅乃はペットボトルから炭酸水をグラスに注いだ。冷えた水がグラスを曇らせ、細かな泡が立ち上る。

「お家に来てくれた警備員の方が嫌な顔ひとつせず優しくて、有り難い事だと感謝する御両親を見て、茂果君は二人も喜んでいると思ったのです」

「喜んではいますよね」

「ええ。それを、格好いいと胸を高鳴らせる自分の気持ちと同一視しました」

「そういう事ですか」

恵大が得心して、フォークに刺したブロッコリーを皿に置く。

「警備員到着時のはしゃいだ声が引っかかりまして、更にショコラトリーで店内を観察する目を見てもしやと誘ってみたんです。あれは父親にも賛同を求めていたんですね。言われてみれば、確かに」

「遅くまでカフェにいた日に警報を鳴らしたのは、閉店を待ったのでも、暗さに紛れる為でもなく、遅くまで働く御両親を元気付けたい一心でした。特に昨日は、お母様が体調不良でいらしたから」

「動機で犯罪を正当化するのは反対です。行動は行動、どんな理由を付けても事実は変わりません」

「……そうですね」

「しかしながら、複雑な気持ちは僕にもあります」

恵大がコーヒーに砂糖を入れ忘れて、口にした苦味に顔を顰《しか》めた。

「茂果君の行いは過ちです。自覚して反省して欲しい半面、引きずって苦しんで欲しくない。思い遣《や》り自体は評価したいし、許されて欲しいと思いもします」

複雑と言いながら甘い方が圧倒的に多い恵大に、雅乃の頬が緩みそうになる。

「いや、悪い人間ではないと言って悪癖を軽視するのは増長に繋がりかねません。ですが、赦《ゆる》しがなければ成長もない。しかし、罪は罪で、善意も善意で、うーん」

「人にはいろいろなお顔がありますね」

どんな善人にも悪心はあり、どんな悪人でも誰かにとっては善人なのだろう。真実を決めるのは他人の役目ではない。他者に出来るのは印象を抱く事だけだ。

雅乃は陶器のシュガーポットを恵大の前に勧めた。

蓋《ふた》の隙間から売り物にならない形の崩れたボンボンショコラが覗《のぞ》く。

「苦いも、甘いも、辛いもその人の一部で、時に自分でもままならないまま、配合《バランス》を移ろわせているのではないかしら」

雅乃の脳裏に白い光が過《よぎ》る。

まっさらなボンボンショコラの設計図。

光が差し込む病室と、初めて出会った夏の日差し。

優しかった彼も酷《ひど》く当たった彼も、雅乃にとっては現実で、どちらも忘れる事は敵《かな》わない。心はどちらか一方に定まらぬまま、雨音を聞いては愛おしく思い、稲光で辛苦が甦《よみがえ》り、晴れた空に寂しさを覚える。

今日はこういう日、今はそういう時。

(きっとそれでいいのだわ)

自分の言葉に気付かされるとは、世界一近い遠回りではないか。

「雅乃さん？」

「ごめんなさい。お砂糖のポットと間違えました」

「よかったらこれをいただきます」

恵大が歪《いびつ》なボンボンショコラを口に放り込み、甘さに目元を綻《ほころ》ばせた。

「うん、美味《おい》しい」

「ショコラティエになって良かったです」

「前職を引退した後に志したと聞いた覚えがあります。何かきっかけが？」

尋ねる恵大の手元で通知音が鳴る。

雅乃が答えを保留して促すと、恵大は一言詫《わ》びてスマートフォンを見た。にこやかな笑顔が一変、胡乱《うろん》な表情に塗り替わる。

「お仕事？」

「黒猫の飼い主です」

新家明からの連絡らしい。猫が縁で友人になったのだろうか。嬉《うれ》しい事だ。

恵大が皿に残ったトマトをまとめてフォークで刺し、あっという間に食べ終えて席を立つ。彼は食器をシンクに運ぶと、両手を合わせてお辞儀をした。

「ごちそうさまでした」

「行ってらっしゃい、探偵さん」

雅乃は恵大を見送って、食事の席に座り直した。

光溢《あふ》れるダイニング。微《かす》かに聞こえる鳥の声。玉子の焼き加減はちょうど良く、チーズの塩味《えんみ》にバターの香りが彩りを加える。
穏やかな朝に思い出す記憶は、優しい幸せに満たされていた。

第三話　探偵は三人

1

短く三回、ゆっくり三回、最後に再び短く三回。

助けを求めるモールス信号だ。

遭難した時は体力の温存が要《かなめ》になる。無闇に騒がず、音を鳴らして、或《ある》いは光を点滅させて、最小限のエネルギー消費で自身の苦境を知らせる。

周りに人がいて声や態度に出せない時はハンドサインでも良い。助けを求めたい人だけに見える位置で手の平を広げ、まずは親指を折り、それを包むように上から他の指を握り込む。

救難信号を受けた者がその意味を知らなければ助ける事は出来ない。

また、自分に助ける力があるかの見極めも必要だ。

恵大が消防隊に憧《あこが》れていた頃、隊員が口を酸っぱくして幼い彼に言い聞かせた。自分を助けられない者に人は助けられない。自力で立てる事。人を支えても倒れない事。心を尽くし、渦中に身を投じても、自身の心身は削らない事。彼らはその為に日々、鍛えているのだと隆々とした筋骨を見せられた。

当時の恵大は彼らの輝くような逞《たくま》しさに羨望《せんぼう》の眼差《まなざ》しを向けるばかりであったが、今になって、人の悩みに気付ける大人になれているだろうか、人の手を取れる余裕があるだろうかと我が身を振り返りもする。

その点、今朝届いた救援信号は明快だ。

差出人『新家明』、スマートフォンに『たすけて』の四文字、GPS情報も添付されている。

ピンが示すのは瀬橋大学研究棟。真上から見た地図に階数は表示されないが、二階のサーバールームで間違いないだろう。恵大は徐々に足を速めて階段を上りきり、異様な光景に目を剝《む》いた。

サーバールームの前に学生が群がっている。

手遅れの想像に、恵大の胃の腑《ふ》が冷たくなった。

開け放たれた扉をこぞって覗き込む人々は無責任な好奇に縁取られて、我も我もと前のめりに押し寄せる。

「すみません、関係者です。通してください」

恵大は両手を挙げて注意と潔白を表し、譲られた僅《わず》かな隙間をすり抜けた。

「明！」

「やあ、恵大君。早くも遅くもない御到着で」

凄惨《せいさん》な状況さえ覚悟していた恵大に向かって、当の明が悠長に手を振る。それでは、6に何か起きたのか。

「にゃんこ～」

「可愛い」

「私にも抱っこさせて」

「…………」

黒猫は不貞腐《ふてくさ》れた顔に見えるが、学生に囲まれて持て囃《はや》されているだけだ。探偵に助けを求めるほどではない。窮地どころか、艶《つや》やかな黒いリボンにチャームを下げておめかしをしている。

恵大は狭い研究室の壁沿いを蟹《かに》歩きして、明のデスク側まで移動した。

学生達に囲まれて、明が草臥《くたび》れた白衣の背を丸くする。雰囲気は明るく、誰も彼も祭りの様に笑顔を華やがせて御機嫌だ。約一名を除いて。

「失礼します。明、何の用だ？」

スマートフォンを見せてメッセージの真意を問う恵大に、明はいつもの無感動な顔を上げた。

「恵大君。あたしはどうすればいいと思います？」

「どうって――」

聞き返す恵大の声が高い音域の波に押し流された。

『あたし』だって。かーわいい」

総意の褒め言葉と捉《とら》えるには幾分、含みのある笑い方も紛れている。特に男子学生の表情は何処かしたり顔だ。

恵大は他人事《ひとごと》ながら居心地の悪さを覚えて、強引に彼らの輪に割り込んだ。

「君達は？」

全方位から鸚鵡《おうむ》返《がえ》しの心の声が聞こえたが黙殺しておく。

学生の一人が代表に立って答えた。

「私達、先輩の占いが当たるって聞いて来ました」

「そんな特技あったのか？」

恵大が尋ねると、明が左右に首を振る。別の学生が露草色の爪をピンと伸ばした。

「占いは統計学ですよ」

すると、6を抱いていた学生が厳しい顔で振り返る。

「断言はどうかと思います。統計学は過去のデータを元に未来を推測しますが、占いの様にスピリチュアルな導きや対話による気付きがありません。私は両者の違いを確かめに来ました」

「どっちも同じ事言ってない？」

「違います」

フルバングの厚い前髪の下から睨《にら》まれて、男子学生が大仰に身を竦《すく》めた。その所作は三枚目だが、太い腰にトレーナーを巻き、腹の前で袖《そで》を縛る腰巻きスタイルに、上から白シャツの裾《すそ》を重ねる着こなしは洒落《しゃれ》ている。

「どうだか。性格診断なんて『大勢の飲み会を楽しめますか？』ってダイレクトな質問をしておいて、結果で『あなたは一人を好む芸術家タイプ』とでも出せば当たってるーって喜ばれるんだからちょろいもんですよ」

「占いと性格診断は別物です。診断は分類と活用が主です」

「うざいぞ、朝比奈《あさひな》。信じてないなら来んなよ」

二人の学生に左右から責められて、朝比奈と呼ばれた学生が瞬時にむくれる。

「美希《みき》先輩がこんな胡散臭《うさんくさ》い奴の研究室に行くって言うから、付き添ってあげてるんじゃないですか」

「うざうざうざうざうザビエル」

罵倒《ばとう》の応酬が止まらない。

明が台風の目に据えられて極限まで影を薄くしている。

「円滑なコミュニケーション、とは」

口から溢《あふ》れた独白は無機質な検索ワードだ。

「研究から外れる用途は断っていいんじゃないか？」

恵大にはそのくらいしか言えない。憎まれ役を買って学生らを追い出してもいいが、恵大が帰った途端にまた押しかけられるのが目に見えている。

学生達は恵大のアドバイスに肯定的だった。

「そうですよ。嫌なら嫌って正直に言ってください」

「私達だって訊《き》くだけ訊いてみないと分からないから訊いてるだけで、断られたからって怒ったり恨んだりしません」

「成程」

明はそれぞれの意見に素直に耳を傾けていたかと思うと、マウスを操作してモニター画面を暗転させた。

「身勝手な欲求を一方的に主張し、相手に時間や気遣いを浪費させ、断らせる側の精神的、物理的負担を考慮しない原始的な交流手段を以《もっ》て、恰《あたか》も自分が寛容であるかのように振る舞うスタイルはさぞや気分が良いのでしょうね」

「……え？」

室内の空気が凍り、水を打ったような静けさにパソコンの排気音が響く。

「いいんじゃないですか、頼み事を拒絶するのが苦でない人も何処かにはいます。申し訳ないと心を痛める優しい人間から去っていくと思いますが、殺伐とした損得関係のみが信じるに値すると仰《おっしゃ》るあなたの価値観が活《い》きる世界もあるのでは？　頑張ってください。搾取イズお得なライフハック」

「言い過ぎだろ」

食ってかかろうとした男子学生が、立ち上がった明の長身に気圧《けお》されて失速する。

「すみません。猫、放してください」

恵大は学生の腕から6を救い上げて本の塔の頂上に移した。

「最低」

フルバングの学生を皮切りに、研究室中から口々に非難の声が上がった。

「訊いただけじゃない。どうしてそこまで言われなきゃいけないの」

「ひどい。性格悪いのどっちよ」

「先生に褒められて調子乗っちゃったんじゃない?」

「こんな奴、話すだけ無駄。終わり終わり」

訊くだけ訊きに来た学生達は、帰りも言いたいだけ言って嵐の様に去って行った。

取り残された格好になって、明が不可解そうに棒立ちする。

「怒らないって言ったのに」

「オーバーキルだ」

恵大は額に手を当て、溜息《ためいき》を禁じ得なかった。

「ありがとうございます。お陰で解決しました」

「君がそれでいいならいいけど。しかし、占いとは、何があった?」

「あたしにも分かりません。急に来て吃驚《びっくり》です」

明が6を見上げる。6は疲れた様子で蹲《うずくま》っていたが、不意に鼻先を反らすと、警戒心を露《あら》わに毛を逆立てた。

扉の曇りガラスに人影が映っている。

「二人とも退《さ》がって」

恵大は念の為、明と6を背後に追い遣《や》って、間髪を容《い》れずにドアノブを捻《ひね》った。

内巻きミディアムの髪が怯《おび》えたように揺れた。

「さっきはごめんなさい」

「君はザビエルの」

男子学生に名を呼ばれていた気がする。美希といったか。

恵大の背中が重くなる。見ると明が身を隠すように凭《もた》れ掛かり、恵大の肩越しに美希を覗《のぞ》き見た。

「占いはしません」

「聞いてください。私、本当は別の事を頼みたくて」

彼女はパステルグリーンのカーディガンを鎖骨の下で寄せ合わせて握り締める。重ねた両手は血の気を失って白く、声は緊張で掠《かす》れて続かない。

明が待ち草臥《くたび》れた犬の様に恵大の肩に顎《あご》を載せる。恵大も辛抱強く待つしかない。

幾度も躊躇《ためら》い、時間を掛けて、漸《よう》く細い喉《のど》が言葉を絞り出した。

「犯人を見付けてくれませんか？」

何の、と尋ねる前に、彼女は力を使い果たしたように崩れ落ちてしまった。

2

ぐったりとする美希を椅子に座らせて、明が手持ち無沙汰《ぶさた》に窓辺に立っている。6を抱えているので物理的には手が埋まっているが、揚げ足取りをしている場合ではない。

恵大は少しでも風通しを良くしようと本の塔を壁際に運んだ。学生達が押し寄せた時に多くがバランスを失い、倒れなかったのが奇跡の傾きで踏み留《とど》まっている。

それでも耐えられずに落ちた一冊を拾い上げ、恵大は裏表紙の内側にあってはならない印字を見付けた。

「図書室の本じゃないか」

「6が来てからはちゃんと一番上を私物にしました」

誇らしげに言うが、明の『ちゃんと』はどうもずれている。

「まず、本をキャットタワーにしない。期限内に返却しないと他の人が困るだろ」

「あたしが借りた時点で既に埃《ほこり》が地層並みに堆積《たいせき》していましたけど」

「今現在、規則に従って憂き目を見てる人がいないと証明出来ない限り、どんなに筋が通ってようと詭弁《きべん》に過ぎない」

「成程」

彼は言って6を床に下ろすと、ハードカバーの山を二十冊ほど一息に抱え上げた。

「ここからここまでは入力が終わっているので返却して来ます」

「今？」

「ついでに椅子も借りて来ますー」

明が研究室を出た後も、伸ばした最後の一音だけが暫《しばら》く聞こえ続けていた。

ナァオ、と6が鳴く。

部外者の成人男性と女子大生が二人きり、黒猫は社会的に数に入らない。

恵大は慌てて名刺を取り出した。

「探偵をしております、志貴恵大と申します」

「えっ、本物？」

「御心配でしたら住所でマップ検索をして御確認ください。家主に電話をして頂いても構いません」

雅乃には手数を掛けてしまうが、恵大に往年の名探偵ほどの知名度がない以上、身の潔白は自ら示さなければならない。

美希は名刺を凝視して感嘆の声を零《こぼ》した。

「すごい」

それから興奮が溢れて弾《はじ》けたみたいに両手を上下に振る。

「新家君のＡＩは膨大な量の人物データが入ってて、占いに活用出来ると聞きました。

人の特徴や行動を照合したら人物像を絞れるんですよね」

「君は最初から占いでなく犯罪行動学のデータベースとして利用するつもりで？」

「行動学……難しい話は苦手だけど、プロファイリングみたいな、探偵さんも調査に使ってるんですか？　新家君のＡＩは本当に実用レベルなんですね」

「逆です」

答えたのは、明だった。彼は扉を身体で押さえ、講義室の椅子を二つ重ねて運び入れると、美希の目の前にまとめて置いた。

「あたしが探偵さんに力を貸してもらっているんです」

「そうなの？」

美希が腕を宙で止める。

深掘りするとややこしい話になりそうだ。恵大は椅子をバラして腰掛けた。

「聞かせてください。今回は彼の手伝いという形で、相談料は結構です」

「よろしくお願いします」

美希が両手を膝《ひざ》に置き、姿勢を正した。

「バイト先が奇妙《おか》しいんです」

明が椅子の背に立ってなかなか座らなかったのは、美希に場所を移って自分の席を返して欲しかったのだろう。彼女が動かないと見て明が漸く着席する。

恵大は手帳を手にボールペンの芯《しん》を出した。

「アルバイトは何を？」

「家庭教師をしてます。中学二年生の五教科で、会社の教材通りに教えるだけだから時給の割に楽で気に入ってました」

過去形がやや気に掛かる。

「いつから始めたアルバイトですか？」

「家庭教師自体は一年の夏だから二年前からです。今見てる子は先月から割り当てられました」

「一応、お名前を伺わせてください」

「支倉《はせくら》さん、生徒は和奏《わかな》ちゃんって名前です」

四月始まりで家庭教師を付けるのは一般的に思える。恵大は手帳に四とだけ書いたが、美希の表情は既に蒼白《そうはく》に転じていた。

「振り返ると二週目から変でした。バイトが終わった帰り道、家の近くのコンビニに寄った時、外に黒いフーディーの男が立ってました」

「客ではなく？」

「私もその時はそう思って忘れてました。後から考えて、あれが最初だって思い出したんです」

「つまり、続くのですね。遭遇が」

慎重に言葉を減らした恵大に、美希が小さく頷《うなず》く。

「次は帰り道、コンビニから五分くらい手前の交差点で黒いフーディーとすれ違いました。次はバイト先と家の中間にあるマンション前、先々週はバイト先から十分のお弁当屋の角、その週末は五分のラーメン屋前」

恵大は頭の中で人物像とロケーションを重ね合わせてみたが、違和感が強く感じられない。男性の服装の所為《せい》だ。

「黒いフーディーなんて何処にでもいると思ってるでしょ？」

美希に見抜かれた。

「いや、そんな事は」

「思ってます。あたしもよく着ます」

恵大の弁解も虚《むな》しく、平然と断言する明の服は現に紺のフード付きだ。

美希が憮然《ぶぜん》として声音を渋くする。

「別人なら良いと一番思ってるのは私です。でも」

「他の小物が同じだとか。顔を見たとか？」

恵大が挙げた可能性は頭一振りで一蹴《いっしゅう》され、美希の表情が強張《こわば》った。

「先週はバイトが終わって家を出ると、玄関の前に黒いフーディーの男が立ってました。そして、昨日」

「それ以上は近くには来られない」

喩《たと》えるなら、全身の関節に穴が空いて血が抜けたような喪失感。恵大を襲う悪寒が鳥肌を呼んで皮膚が鱗《うろこ》の様に硬くなり、自分が別の生物に変質した感覚がした。

「生徒の部屋のドアを開けたら、廊下に男の人がいました。暗くて顔は見えなかったけど、もう隠す必要はないみたいにフードを下ろして」

息を呑《の》む、喉が痛い。

「最後は等間隔じゃないんですね」

「論点」

明の独特な感想を脇に寄せて、恵大は真剣な面持ちの美希に向き合った。

「あなたと生徒さんにお怪我は？」

「すぐにドアを閉めたので大丈夫でした」

「警察に通報はしましたか？」

「分かりません。生徒には作り話で揶揄《からか》ってるんだろうと笑われました。帰って来たお父さんにも話しましたが、鍵《かぎ》は掛かってて、家の何処にも誰もいなかったんです」

恵大の内耳で空気が膨張するかのようだ。音が聞こえ難くなって視界が遠退《とおの》く。

「他に御家族は？」

「御両親と和奏ちゃんしか住んでないって聞いてます。仕事から帰るまで娘を一人にしておくのが心配だったから、勉強だけでなく居てもらえて嬉《うれ》しいって歓迎してもらってたのに」

美希の淡い眉《まゆ》が悲しげに歪《ゆが》む。

「話せば話すほど二人から笑顔が消えていって、やばいって感じて」

「何が『やばい』んです？」

明の素朴な疑問は話の流れを断つ事も厭《いと》わない。

「頭がおかしいと思われそうだったの。分かるでしょ。学生課の紹介で見付けたバイトだから、苦情を入れられて、うちの学校の信用が落ちたら皆に迷惑かかる。私も、時間が経つ内に自信がなくなって、偶然、連続で見た黒フーディーを怖がり過ぎてドアの影を見間違えたのかも」

「でも、否定しきれないんでしょう？」

でなければ、明に相談しようとは思わない。

美希は内巻きの毛先を指に絡め、髪がピンと張るほど握り込んだ。

「新家君はAIにいろんなデータを集めてるんだよね？　黒フーディーの人に会う確率とか、この街にいる黒フーディーの犯罪者とか、何かないかな」

彼女の空笑いが悲痛に翳《かげ》る。6がスカートの膝に飛び乗って、慰めるように鼻筋を彼女の腕に擦《す》り寄せた。

「ありがと、猫ちゃん」

美希の浅い呼吸が涙声を抑えている。

「次のアルバイトはいつですか？」

「明後日《あさって》です」

黒いフーディーの男は、いよいよ部屋に入って来るかもしれない。仮に美希の思い込みだとしても警察に相談すべきだと恵大は思うが、本人が周囲や人生に関わると危惧《きぐ》している以上、無視は出来ない。

依頼人の要望を優先するのが探偵だ。

「分かりました。二日ください」

そして、依頼人を必ず守るのが名探偵である。

「黒フーディーについて調べてみます。あなたとバイト先のお宅の安全を確認出来なかった時は、警察への相談を視野に入れましょう」

「来てよかった」

美希が満面に安堵《あんど》を広げる。明と6からの視線を感じる。

恵大の使命感がより強固な決意を宿した。

3

明が人間工学に基づく愛用の椅子に座って満足げに座面の縁を叩《たた》く。

恵大は6と借り物の椅子を並べ、何となく顔を見合わせた。黒曜石の様な瞳《ひとみ》に見つめられると、何事かを問いかけられている気持ちになる。今は差し詰め、早く行かなくて良いのかと急かされる、そこに映るのは紛う方なき自問自答だ。

「それじゃあ」

恵大は調査に向かう為、席を立とうとした。

「はい。何から始めますか、探偵さん」

明が手を合わせて潑剌《はつらつ》と切り出す。

「君も来るのか」

「元はと言えばあたしに持ち込まれた問題ですし、探偵さんからしか得られない栄養がありますから」

ＡＩの学習に役立つという意味だろう。

「ネットミームをリアル会話で使う時は相手を選んだ方がいいぞ」

「勉強になります」

妙に畏《かしこ》まって答えられると、調子を崩してしまう。恵大は嘆息で気を取り直して手帳を左手の平に当てた。

「実際、ＡＩで犯人を絞り込めるのか？」

「無理です」

明が別段、悔しさも見せず断言した。

「ゾーイは品行方正なＡＩです。非公開の個人情報、著作権を侵害するサンプル、不確定な事実及び改竄《かいざん》などの法に触れる学習はしていません」

「情報が足りないって事だな」

「今出来るのは、過去の事件から類似例を抽出するくらいです」

充分な成果と言わざるを得ない。恵大は小さな葛藤《かっとう》を奥歯で噛《か》み砕いた。

歴戦の名探偵と並び立つには自身の経験や記憶を発揮したい場面だが、つまらないプライドで初動が遅れた結果、依頼人に被害が及んでは元も子もない。

「やってくれ」

苦々しい顔になってしまった恵大を視界の端にも留めず、明は寧《むし》ろ腕捲《うでまく》りをする勢いでモニターをつけた。

「おはよう、ゾーイ」

画面に彼——彼女？　の名と会話用の入力ボックスが表示される。

恵大は明の椅子の背に手を突き、背後から視線を重ねた。

「依頼人の話を打って聞かせるのか？」

「んー、前に話したAIとプログラムの違いを覚えていますか？」

「改めて訊《き》かれると……両方、機械を動かす脳の役割で、後者の方が正確？」

「そうです。決定的な差は『AIは間違える』という点にあります」

「機械なのに」

思わず賛同を求めて振り返ると、6が椅子から飛びついてブラインドの紐《ひも》を掻《か》く。恵大が窓を開けるのを待ちかねたように、6は一度だけ尻尾《しっぽ》を上下させて桜の木に飛び移った。

春の名残が僅《わず》かに空気を和らげる。

「恵大君の疑問は尤《もっと》もです。信号機が点灯する色を間違えたら大事故になります。ボタンを押したらエアコンがつく、価格を入力すれば合計を出す。命令に応じて決まった働きをするのがプログラムです」

「俺が知ってる機械だ」

「対して、情報を元に独力で考え、実行結果を変えるのがAIです」

明が目線をやらず机の脚に手を伸ばす。不思議に思って見ると、机の側面に駄菓子のボードが落ちていた。小袋入りの小鯵《こあじ》が両面テープで台紙に貼り付けられており、紐をマグネットに掛けて吊《つ》り下げていたらしい。

恵大が一袋外して空の指先に触れさせてやると、明は何の疑問も持たず慣れた仕種《しぐさ》で袋を開け、味付き小鯵の開きを噛んだ。

「先の例で言えば、家主が帰ってくる時間を覚えて電源を入れる、天気に合わせて温度を変える。人の代わりに考えますが、必ずしも正しい訳ではありません」

「どうすれば精度が上がる？」

「！」

恵大の問いに、明がにんまりと笑みを広げた。

「いいですね、恵大君」

「何が」

「機械がミスをすると聞いて恐怖を感じる人も多いのです」

「怖いなら尚更、精度を上げるべきだろう」

「はい。使用法としては情報を増やす、或《ある》いは条件を絞ります」

明が文字を入力する。

『徐々に近付く者が登場する事件、記述を出して』

応じて、ゾーイが関連項目を提示した。

『死を予告する悪魔』『落とし物を届ける狐』、海外の逸話か。これは俺も聞いた事がある。『捨てた人形』、持ち主を追いかけて電話を掛けてくる怪談だよな
「今回の事件には当て嵌《は》まらないので、条件を追加します」

明がキーボードを叩く。

『候補の中で、黒いフード付きの服を着ている人はいる？』

『ございません。購入可能なショップをリストアップいたしますか？』

ゾーイが答える。

『n』

端的に答えると返答しない仕組みなのだろうか。

『cl pre1』

「これは？」

「一つ前の条件を取り消す、あたし用の合言葉です」

明が続けて、美希の話から要素を切り出してはゾーイに尋ねていく。

「こんな風に地道に進めるので、時間を頂けると助かります」

「任せていいか？　俺はその間に学生課に行って家庭教師のバイトについて訊いてみる。類似の事案が見付かったらスマホに知らせて欲しい」

「オッケーです」

明の視線はもう画面から離れない。

恵大は借り物の椅子に入力し終えた残りの本を載せて研究室を出発した。

4

隣の集積分析研究室で須藤に椅子を返し、図書館に寄って頭を下げる。最初はこの世のものとは思えない驚愕《きょうがく》を示した司書も、管理表を確かめて借出人が明だと分かると諦《あきら》め顔で恵大を解放した。

「残りもなるべく早く返却させます」

「そうしてください」

恵大は本気で約束をして、逃げるように学生課へ向かった。

学生課でもまた煙たがられた。

「あなた、先日の騒ぎの時にもいた人ですね」

紺のスーツは制服らしい。シャツと髪型は職員ごとに異なり、個性を表すパーツになっているようだ。窓口で対応に立った職員は、白いリボンタイ付きのシャツと編み込んだ茶髪が清楚《せいそ》ながら華やかで、恵大にも見覚えがあった。

窓の一件で現場に立ち会った職員の一人である。恵大は紳士のゆとりを心掛け、笑顔で不審を覚えられているなら利用しない手はない。恵大は紳士のゆとりを心掛け、笑顔で不審さを遠ざけた。

「新家君に呼ばれてこちらにお邪魔しています」

「身分証を提示して頂けますか？」

「どうぞ」

恵大は名刺に運転免許証を添えて窓口に差し出した。彼女の手元をさり気なく見ると、作りかけの書類に忍田《しのだ》の印鑑が捺《お》してある。

(学生課の面倒事担当、忍田さん)

恵大は内心で同情しつつ、今だけは無責任に慈悲を願った。

「探偵を雇ったのですか、新家さん」

「はい、協力を求められました。彼の」

「告発文の件ですね」

忍田が深刻な面持ちで俯《うつむ》く。

忘れていた訳ではない。赤い液体と同様、危険度の低い一時的な嫌がらせの類《たぐ》いと見《み》做《な》して、限りなく解決済みに近い保留の抽斗《ひきだし》に入れていた。

「脅迫メールは未《いま》だに学校に届いてるんですか？」

「いいえ、あれきり来ていません。あと、脅迫はしていなかったと思います」

恵大は胸を撫《な》で下ろした。

「大学に新家君の非を警告し、大学と新家君の間で確認が行われて、大学が問題ないと黙認したのであれば、特に取り沙汰《ざた》する必要もないでしょう。新家君も差出人の特定を求めていません」

「では、御用件は」

「こちらで紹介してる家庭教師のアルバイトについてお伺いしたくて」

「新家さんが家庭教師を!?」

忍田の驚きは愕然《がくぜん》にも肉迫する。

「向いてないですよね」

恵大は苦笑いして、運転免許証をカードケースに仕舞った。

「彼はデータ解析に取り掛かってる為、代わりに僕が訊きに来ました。本人に確かめてもらって構いません」

「いえ、研究のお邪魔をする訳には」

忍田が三つ編みの毛先を遊ばせて頭を振る。明は随分と大学に期待されているらしい。

彼女は寄せた眉根《まゆね》を中指と薬指でトントンと叩《たた》いて、覚悟を決めたように目付きを据わらせた。

「応募した学生に対して基本情報を伝える義務があります。新家さんがアルバイトを希望しているという態《てい》で良いですか」

「ありがとうございます、お願いします」

「お聞きになりたい事は」

忍田がカウンターデスクの内側で青いファイルを開いた。

「学生はどういった形式でアルバイトに応募しますか？」

「バイト募集の学内サイトがあって、業務内容と時給、大まかな勤務地が掲載されています。申し込みはメールでも出来ますが、早い者勝ちなので、窓口に直接来る学生が殆《ほとん》どです」

「雇用側はどうやって大学に募集を？」

「総務課が募集依頼を受け付けています。家庭教師の御要望は卒業生からが七割、本校を志望する生徒さんからが四割、どちらでもない方は一割です」

恵大が数字に強かったら、二つの条件を満たす割合を即座に算出しただろう。調査には不要と割り切っておく。

「勿論《もちろん》、大学に来たもの全ては通しません。審査をして、学生に相応《ふさわ》しくない業種や雇用条件の著しく不利な募集は掲載をお断りします」

当然と言えば当然だが、大学は学生に伝える以上の情報を持っているという事だ。

(見たい)

往年の名探偵ならば確実にそうする。

果たして、自分の知名度と交渉術で叶《かな》うだろうか。恵大は言葉が舌に上がる直前に唇を結んだ。

明の様にAIを作る事が出来たら。

ゾーイの様に情報を忘れず、適切に活《い》かせたら。

もしかしたら、三者の中で探偵の素質が最も低いのは恵大ではないかと暗い気持ちが過《よぎ》る。迷いと不安、劣等感。だが、それらが晴れた瞬間も覚えている。

『本当に素晴らしい』

隣の芝生が青く見えるのは何故か。仮令《たとえ》、隣家に移り住んで全てを譲り受けても、恵大はその芝生を青々とは保てないだろう。

足元の短く疎《まば》らな芝生の行く末も恵大次第。他人と比べてめげている暇はない。

「今年度、家庭教師を募集した御家庭の中に支倉さんという方がいます」

忍田は青いファイルを閉じ、表紙に手を置いている。

職務で関わる彼女に、親身になれと要求するのは無理があるが、会話の入り口に立つには自分と地続きの話だと思ってもらう必要がある。

恵大は切れるカードを脳裏に広げて、美希と明がリスクを負わず、支倉家に迷惑をかけず、忍田の関心を惹《ひ》く一枚と見せ方に頭を高速回転させた。

「担当する学生さんが霊感の強い方で」

「はい？」

食卓で家族がダチョウとすり替わっていてもこんな表情にはならないだろう。忍田の唖然《あぜん》とする姿に気付けないフリをして、恵大は真剣に弁を振るった。

「アルバイト中に怪異現象に出会《でくわ》したとひどく怯《おび》えて、新家君に相談しました」

「はせくら、支倉和奏さん……担当学生は佐藤《さとう》美希さんですね。新家さんとはどういった御関係で？　サークル等でしょうか」

「新家君のＡＩの評判を聞いて、身を護るお祓《はら》いを教わりに来たんです」

多少の違和感は大真面目な口調で圧《お》し通す。他人にとやかく思われようと、恵大が信じてさえいれば隙は生じない。

「如何《いか》に優秀なＡＩの提案でも実践する学生は素人です。どんな危険があるか分からない。しかし、御家族に話せば大学の良からぬ噂を立てられかねません。誰だって自宅に悪霊がいると言われて、気分好《よ》くはないでしょう」

「間違いないですね……」

忍田の反応に距離が縮まるのを感じる。恵大は窓口に手を突いて身を屈《かが》め、周囲を気にする視線を巡らせた。

「部外者の僕が対処するのが、最も波風を立てない方法だと思いませんか？」

忍田が釣られて、善良な学生らの視線を意識したのが分かった。

ざわざわと、校内に人の声がさざめき合う。遠い廊下に反響する笑い声は無邪気だ。掲示板には学生に有益な情報が集まり、窓口では職員が学生の相談に乗ってあれやこれやと手を尽くす。

「そんな眉唾《まゆつば》なトラブルに本校の学生が巻き込まれる事態は看過出来ません。外部に漏れないよう内密に進めて頂けるのであれば、御協力します」

「お約束します」

恵大は偽りなく答える事が出来た。

忍田が同僚の目を盗み、ファイルを開いてメモ用紙にペンを走らせる。

「言うまでもなく口外と悪用は厳禁でお願いします」

伏せた手の平に隠すように渡された紙片に書かれているのは、支倉和奏の住所、氏名、志望校、成績、家族構成だ。

「あれ？」

「何か」

「いえ。眉唾なトラブルとは正に言い得て妙ですのに、真摯《しんし》にお話を聞いてくださってありがとうございます」

恵大が頭を下げると、忍田がふふと笑う。

「若い子は占いや噂が好きですから、今朝も大変な盛況だったようで」

「学生課にも伝わってましたか。度々お騒がせしてすみません」

あれだけ廊下まで人が集まったのだ。同階の研究室から苦情が入っても仕方ない。

「あなたに謝って頂く事ではありません。新家さんの研究に支障を来していないと良いですが」

「占いもですが、広い人付き合いに興味がないようで追い返してしまいました」

「それは……残念ですね」

忍田が言葉を選んでどちらとも取れる相槌《あいづち》を打った。

「ありがとうございました。進展がありましたらお知らせします」

「助かります」

恵大は被《かぶ》っていない帽子の鍔《つば》を上げる仕種《しぐさ》を挨拶《あいさつ》に代えて、我ながら気障《きざ》だっただろうかと背を向けてから赤面した。

ポケットでスマートフォンが振動した。


「公共のライブカメラから、黒いフーディーの男性の映像を幾つか取得しました」

研究室に戻るなり、明が挨拶を飛ばして本題を始めた。

モニターに複数の画像が開かれる。いずれも日付と時間帯の異なるカメラ映像を切り取ったスクリーンショットで、決して鮮明ではないが、黒いフードをかぶった人物が写り込んでいるのが確認出来た。

美希の話では、外で遭遇したのは六回。

「聞いてたより多い」

画像は二十一枚ある。

「黒いフーディーはありふれていると言って差し支えない結果です」

「同一人物だけ見分けられないか？」

「そうしたら恵大君が喜ぶかなと思ってやっておきました」

明の口調は大抵淡白なのに、突然、妙に可愛い冗談を言うから調子が狂う。

「はいはい、嬉《うれ》しい」

「頑張った甲斐《かい》がありました」

彼がコマンドボックスに文字列――おそらくソート条件だろう――を打ち込むと、十三枚の画像がスレッド状に並べ替えられ、残りが二枚と一枚の山に分けられた。

「フードの影で顔が写っていないので、画像を鮮明化させても顔立ちまで見えたのは三枚でした。最多八枚のグループは体格から同一と考えて矛盾しません」

「別人の可能性は？」

「なくはないです。靴とズボンが一緒な点を偶然とすればですが」

「高くもない訳だ」

恵大は明のトリッキーな語り口を流して、要点を纏《まと》めた。

「該当の日時に依頼人の目撃地点にいた六人は同一人物だった。同日の別時間帯で二枚ずつ五セット、最終日は一枚、あとの二枚は美希さんが気付かなかった一週目かな」

「ゾーイも同意見です。どちらも日付が若いので、目撃されなかった、または遭遇を試みている時期だったと予測しています」

美希はアルバイトの二週目に黒フーディーの男を目撃した。彼は実際には前の週から彷徨《うろつ》いていたのだろう。

「しかし、徐々にアルバイト先に近付く理由が謎だ」

「行動解析によると、尾行に類似すると推測されます」

「尾行より待ち伏せが近くないか」

「それでもいいです」

(いいのかよ)

恵大は肩透かしを食った気持ちになったが、大人の分別で往《い》なした。

明がメモ帳に保存してあった文字列をテキストボックスにペーストする。ゾーイからスクロールを要するほどの長文が書き出された。

「一、黒フーディーの男性は彼女のバイト先を知りたい。二、但し尾行して後ろを歩き続けるのは避けたい。この条件下でのみ、彼の行動に整合性が通りました」

「まだ謎なんだけど……」

「彼女に見られる時間を最短に留《とど》めたい。例えば、すれ違う間の数秒です。一度目は家の近くで確実にすれ違う。次はもう少し先、また先と徐々に目的地を絞ったとするのが狙いではないかと仮定するのです」

ゾーイの推測は、恵大にはまだ突飛に聞こえる。

「曲がり角で左右の予測を間違えたら、すれ違えなくなるんじゃないか？」

「佐藤さんは往復で二回遭遇した日があったとは言いませんでした。行きと帰りも統一されていません。同日で二枚ずつ五セットあるのは、一方で選択をミスった痕《あと》かも。これはあたしの解釈です」

「言いたい事は理解した」

恵大は机の端に腕を突いてゾーイの返答を睨《ね》め付けた。

支倉家の場所を知りたい人物。

支倉家の場所を知らない人物。

支倉家の場所を知らされなかった人物。

「…………」

恵大は余った手をズボンのポケットに入れた。

指に触れる、数の合わないリスト。

「明」

「はい、何ですか？」

「ゾーイは『謎の人物』について絞り込む事は出来ないと言ったよな」

「そうです」

「じゃあ、もし僕が『ある特定の人物』について知りたいと頼んだらどうなる？」

恵大が黒目だけを動かして明を窺《うかが》うと、彼はボールを投げてもらった大型犬みたいにキラキラした瞳《ひとみ》でこちらを見上げてくる。

「ゾーイがアクセス出来ないのは『非公開の個人情報』です。何処かに公開さえされていれば、どんな小さな情報でも捕らえてみせます」

恵大の指先が熱く脈打った。

5

八重桜の花びらが一片舞う。まるで春の忘れ物の様だ。

明が地図アプリを頼りに先頭を歩く。

彼の猫背に続いて美希と制服の少女が並ぶ。

「ごめんね、和奏ちゃん。お家《うち》の人、心配してなかった？」

「大丈夫です。二人共、美希ちゃん先生を信頼してますから。気分転換に外で勉強したいって言ったらおやつ代くれました。帰りにドーナツ食べませんか？」

「可愛い」

美希が和奏をハグする半歩後ろに、男子学生が従う。

「今日から抹茶シリーズ発売です。オレ、クーポン持ってます」

「来なくていいよ、朝比奈」

「美希先輩はオレが守るんで」

占い騒ぎで明の研究室にいた学生の一人だ。彼のサンダルの踵《かかと》に蹴《け》られないよう前に出ては退《さ》がりして6が付いて行く。

想定外の大所帯に、恵大は一抹の不安を覚えながら殿《しんがり》を務めた。

昭和時代の大型団地が四棟、南を向いて建っている。複製して座標をずらしたみたいに寸分違わぬ建物は、カーテンの掛かっていない窓も多く、入居率は決して高くない。

しかし、鍵《かぎ》だけが真新しいポストや綺麗《きれい》に掃除されたゴミ集積所には誠実に生きる人々の生活感があり、遊具周りの小さな足跡が賑《にぎ》やかな風景を留めるようだ。

滑り台、ジャングルジム、ブランコ、半月形の雲梯《うんてい》。砂場は動物避けの緑ネットで覆われている。6は明が抱いているから悪さをしないだろう。

ブランコとそれを囲む事故防止の柵《さく》に銘々腰かけて数分、薄暗い階段を黒いパーカーを着た男性が下りて来る。

彼がこちらに気付く前に、健脚で詰め寄ったのはまさかの和奏だった。

「お兄ちゃん！」

「和奏⁉　今日は家庭教師の日じゃ……」

黒パーカーの男性が竦《すく》み上がった。両足が地面から離れるほどの驚き様である。

恵大は慌てて彼女を追いかけ、数歩で振り返って明達に待機を求めた。

「お兄ちゃん、言ったよね。誰もいない時間に忘れ物を取るだけだから鍵を貸してくれって」

「わざわざ取りに来なくても返すつもりだよ。な、今返す」

彼は後ろポケットの財布を取り出して、小銭入れから剝《む》き出しの鍵を摘み上げ、和奏の手の平に置いた。

言質を取る手間が省けた。恵大はネクタイの結びを固めて前進した。

「失礼します、支倉紺《こん》さんですね」

「そうですけど」

フードの紐《ひも》を握る彼の表情は、警戒心と困惑が混濁している。

「ベンチに座って、少しお話ししませんか？」

恵大が言いながら美希を見遣《みや》ると、紺は咄嗟《とっさ》に逃げ出そうとして、だが和奏の勇ましい眼差《まなざ》しに抗《あらが》えず、観念したように項垂《うなだ》れた。

ベンチに座る紺は、恵大と明に挟まれて、物理的にも肩身が狭そうだ。

和奏が正面に仁王立ちする。その背を守って美希が身を寄せ、傍に来ようとする朝比奈を滑り台まで追い払った。孤独な彼に付き合うように、6が滑り台の頂上で髭《ひげ》を撫《な》でるとリボンに下がるチャームが煌《きら》めいた。

「一昨日《おととい》、支倉家の廊下にいたのはあなたですね」

「妹が心配で」

紺は萎縮《いしゆく》して、和奏のローファーの爪先から目線を上げられずにいる。和奏の怒りと美希の疑問聞き入れる余裕はなさそうだ。

恵大は手帳を開き、ページを捲《めく》った。

「相談を受けた時、初めは美希さんのストーカーを疑いました。ですがそうなると支倉家に侵入するのは奇妙《おか》しい。そこで、調査対象を支倉家に広げました」

美希の依頼の聞き取りメモ、学生課で得た紙片。

「支倉家に住んでいるのは御両親と和奏さんの三人です。しかし、家族構成にはもう一人、兄がいました。支倉紺さん」

紺が首から上を凍り付かせる。

「瀬橋大学にあなたの名前が記録されていました」

「こ、個人情報の漏洩《ろうえい》だ。大学を訴えてやる」

遠吠《とおぼ》えめいた彼の訴えに、明が小声でボソボソと言葉を返した。

「在校生であれば、何なら部外者でも調べられる情報です。学内広報誌、ゼミ名簿、卒論のリスト、サークルのホームページ。在学中に使っていたSNSアカウント」

「パスワード忘れて消せてないやつ」

紺の耳が瞬時に紅潮する。

追い討ちを掛けて吊《つ》るし上げるような真似はしたくないが、言わなければ先に進めない。恵大は舌の苦味を奥歯で噛《か》み潰《つぶ》した。

「卒業者名簿にあなたの名前を見付けられませんでした」

紺の頸椎《けいつい》が厭《いや》な軋《きし》みを上げた。

「退学した当時、御家族との間に何があったのか、他人が想察で語るべきではありません。知り得る限り、あなたは実家に戻らず一人暮らしを続け、連絡を取るのは妹の和奏さんだけになりました」

「事実……そうとも、水面の上に出た事実でしかない」

「あなたは今春、和奏さんから家庭教師を付けたと聞かされました。先生は、あなたが退《や》めた瀬橋大学の学生です」

「家庭教派遣会社《かていきょう》、無能過ぎるだろ」

紺が拳《こぶし》を腿《もも》に打ち付けると鈍く痛々しい音がして、和奏と美希が息を止めた。

「あんな三流大学のしかも学生だ。教えるプロでもない。チャラチャラ遊ぶ為の小遣い稼ぎで、大事な妹の将来を壊されたら取り返しが付かない」

「御自分は卒業も出来なかったのに、下から見下すとは器用な。ああ、棚の上から見ているんですね、把握」

「……っ」

「明」

恵大は語気を強めて明を制した。事実至上の彼の感想に悪意はなかろうが、悪気がなければ良いというものではない。

紺が顔を赤くしたり青ざめさせたりして口を開閉する。言葉は声にならない。

兄から妹への行き過ぎた心配はただの過保護とは言い難い。彼自身の後悔や恨み、家族との軋轢《あつれき》が、愛情という唯一、発露を許された感情の器を借りて放出された。

「美希ちゃん先生、お兄ちゃんがごめんなさい」

和奏が謝る声はか弱く、硬くした頬が悲憤を隠している。

紺が動揺して手を伸ばそうとするのを、美希が前に立って遮った。

「私の授業をドアの外から監視してたんですよね？」

「…………」

「チャラチャラした小遣い稼ぎの低レベルな内容でしたか？」

「……いや」

紺が顔を背けて頭を振る。

美しい器に捩《ね》じ込んだ中身が醜く、器も中身も壊してしまった事を受け入れなければ彼は解放されない。理屈で矯正しても他人の器を借りるだけ、遠からずまた歪《ゆが》みを生むだろう。

探偵の仕事は真実の解明だ。証明完了後は物語の外、名探偵の領分ではない。

だから、これは恵大の弱さだと自覚している。

「支倉家に彼女を送ったのは家庭教師派遣会社ではありません。瀬橋大学です」

「どうして大学が」

「大学に募集依頼があったからです」

恵大は短く息を吐いて心拍を整えた。

「大学に家庭教師募集を出す御家庭の九割は卒業生、または受験予定の生徒です。学力、校風、瀬橋大学への信頼があっての選択だと思います」

紺の理解が及ぶに連れて、彼の双眸《そうぼう》が大きく見開かれる。

「でも、オレは自慢の息子になれなかった」

「御家族があなたを恥だと思ってたら、瀬橋大学に家庭教師の募集を頼むでしょうか」

「でも」

浅い逆接は口先だけだと初対面の恵大でも感じ取れる。

身内なら尚の事だ。

「お兄ちゃんが勝手に気まずがってるだけ。お父さんもお母さんも、お兄ちゃんを嫌ってないっていつも言ってるでしょ」

「そうだそうだ」

美希が野次を飛ばして和奏を応援する。

「……帰ってみようかな」

「うん！」

和奏と美希が嬉《うれ》しそうに両手の平を叩《たた》き合わせた。

紺が上目遣いで美希を窺《うかが》う。

「驚かせて、すみませんでした」

「お家《うち》で会う事があったら挨拶《あいさつ》よろしく、紺先輩」

美希が中指と人差し指を立てて手首を返す。

「帰ろう、お兄ちゃん」

和奏に腕を引かれて、紺が重い腰を漸《ようや》く上げた。

文倉兄妹《きようだい》が何度も振り返って手を振り、お辞儀をする。二人が十字路を曲がって見えなくなると、美希が腹の底から安堵《あんど》の溜息《ためいき》を吐いて座り込んだ。

「美希先輩、大丈夫ですか？」

朝比奈がスロープを滑り降りる。腰に巻いたトレーナーが砂まみれだ。続いて6が滑り台から跳んで着地した。

美希は暫《しば》くしゃがんだまま俯《うつむ》いていたが、喉《のど》の奥で力を入れるように咳払《せきばら》いをすると、ティアードスカートの膝《ひざ》を払って立ち上がった。

「志貴先生、新家君、ありがとう。バイト代が入ったらお礼に御馳走《ごちそう》させてください」

「僕は彼の『占い』を手伝っただけです。無事に収まって何よりでした」

「あたしも結構です」

二人に断られても美希は怯《ひる》まず、明の手を強引に摑《つか》んで小指を絡める。

「絶対に奢《おご》らせて。指切りげんまん」

「双方の同意なしに締結された契約は無効だと思うのですが」

「ダメ」

永久ループの兆しを察して、恵大は明に耳打ちした。

「明。こういう時は『機会があれば』って答えておくんだ」

「勉強になります」

明が真面目な顔で頷《うなず》いて前を向く。

「それでは、万が一、機会があれば」

一言余計だが、正論押しの拒絶よりはマシである。

「またね」

「美希先輩、送ります」

「私、サークルに顔出すから。朝比奈は帰りなよ」

「オレも学校に用事が」

「バスケ部の練習休んでるんでしょ。バレたら怒られるよ」

二人の長閑《のどか》な会話が遠ざかって行った。

「明も大学に戻るのでは？」

恵大は軽く揶揄《からか》ってみたが、明はだから何だという真顔で立ち上がる。二人と一緒に行動する選択肢は微塵《みじん》も考えにないようだ。

「戻ってゾーイに結果を登録します」

「お疲れ。俺は飯に行く」

定食店の割引券が明日までだった事を思い出して、恵大の脳内で早くもメニュー吟味が繰り広げられる。すると、別れるはずの明が何故か歩を並べた。

「行きましょう」

「大学に戻るんだろ」

「方違えです。ごはんを食べて戻った方が星回りがいいんですよ」

猫の様に気紛《きまぐ》れに、犬の様な人懐っこさを垣間見《かいまみ》せる明だ。

「堂々とした嘘を吐くなあ」

恵大は6を捜して首を巡らせたが、本家の猫は気紛れを感じさせる間もなく既に姿を眩《くら》ませていた。

空はまだ青いのに、団地の壁に当たる陽光は夕焼けの色をしている。

これからどんどん日が伸びて、暑く眩《まぶ》しい夏が来る。否、その前に梅雨だ。

恵大は手帳を閉じたが、ふとした思い付きに頭をノックされた。

「文倉さんが今の家に引っ越したのは最近なんだろうか？」

和奏に家庭教師の件を聞いて瀬橋大学に潜り込む。学生を装って家庭教師のアルバイトをしている人に評判を聞きたいとでも話して回れば、親切な学生から美希に辿《たど》り着く事は可能だ。

美希を待ち伏せしながら顔を覚えられないようすれ違う一瞬の地点を少しずつずらし

て、支倉家の場所を突き止める。

「辻褄《つじつま》的に考えると、そうなんじゃないですか」

ゾーイが通した整合性。

「自分が生まれ育った家を知らないはずがありませんから」

明の影が彼の足から離れて側溝を飛び越えた。


犬の嗅覚《きゅうかく》は人間の三千から一万倍と言われている。

荷物に隠した麻薬を探知し、行方不明の要救助者を捜し当て、近年では医療検査に匹敵する確率で特定の病気を嗅《か》ぎ分けると期待されている。

しかし、アタシだってなかなか鋭いと思う。

研究室の電子レンジで誰かが弁当を温め始めればメニューを言い当てられるし、目に見える汚れに頼らず白衣の洗濯時を見極められる。祢津教授が深酒をした翌日は近付きたくもない。

異質な匂いのする人間は他にもいる。

体内に入って変質した煙草。香りの強い食べ物は消化される間中、香気《かざ》が胃から立ち上り、違法な薬物は頭皮から泥の腐ったような臭いがする。

それから緊張。

匂いの元は汗か分泌物か、アタシは医療に明るくないので分からない。

ただ、緊張した人間は嫌な匂いを発する。

更に決まってこういう匂いの人間は、正常な判断力を失うほど思い詰めている事が多いのだ。

ショコラトリー長門にガトーショコラを大量注文した人間は特に酷《ひど》かった。

上階の研究室の学生は、手にした物に匂いが移るほどだった。

彼は初めて見た時から極度の緊張状態にあった。

大勢に囲まれている間は監視者に怯《おび》える彼女の緊張の匂いだと思った。が、彼女からは柔軟剤の匂いしかしなかった。

付いて纏《まと》って見る内に匂いの元が明らかになり、彼が何を見た時、誰と話した時に匂いが強くなるか、アタシは遂《つい》に確信を得た。

彼の関心は常に彼女に集約していた。

サーバールームを訪れた時。

授業に向かう彼女と別れる時。ここを境目に匂いは特に強くなる。

サークルメンバーと話す彼女を見かけた時。

彼女が教え子の兄と対峙《たいじ》した時。彼らの話には上の空で、頻《しき》りにスマートフォンを気にする姿の異様さを誰も見ていなかった事が悔やまれる。

彼女が食事に誘い、小指を絡めて約束を交わした時。

あの恐ろしい匂いを間近で嗅いで叫ばなかったアタシを褒めて欲しい。

匂いはまだ、消えない。

彼は彼女の後ろを足取り重く歩いていた。

「すごいね、探偵だって。浮気《うわき》調査を依頼したとか動画で見た事あるけど、一日で突き止めちゃうなんてプロ過ぎ」

「先輩、何回もその話してますよ」

彼が苦笑いしたが、彼女は高揚した様子で気付かない。

「新家君もよく見るとちょっと格好よかったかも。背筋を伸ばしたら背高そうじゃない？　頭良くて、学校に期待されてて、あーでも、毒舌というか独特の――」

「もう聞き飽きたって言ってるんだよ！」

急に声を荒らげた彼に、彼女は足を止めて振り返った。

長く伸びた影が彼女に重なる。逆光が彼の顔を暗く塗り潰《つぶ》す。

「周りにどう思われてるか知らないんですか。このままじゃ大学からも見捨てられて、皆からも都合よく使われてポイ捨てされて、ああ、大変だ。先輩の将来が、こんな事ならまだ好かれてる内に」

独白は音の強弱を忙《せわ》しなく変え、人の耳では聞き取るのも容易ではない。

「え……何？　どうしたの、朝比奈」

朝比奈が腰に巻いた黒いトレーナーを解く。袖《そで》を通して首を通し、身に纏う。腰に巻いている時は上部がロールされて見えなかった。トレーナーではない。

朝比奈が、黒いフードを目深にかぶる。

地上から吹き上げるビル風が地面を走って、屋上を囲うネットを揺らした。

6

唐揚げ定食が食べたかった。チキン南蛮、鶏《とり》と鯖《さば》の天ぷらも有力候補だ。

「マイクロチップが何て？」

尋ねる恵大の未練がましさを他所《よそ》に、明は早足を弛《ゆる》めず大学構内を横切る。

「ペットショップで譲り渡される猫にはマイクロチップの装着が義務付けられています。首元に埋め込まれるのですが、皮膚の上から読み取る事で住所や予防注射などの情報が分かる動物保護システムです」

「SFの世界だな」

恵大が読んだ本では人間を管理する為の義務だったが。

「6は長門さんに譲って頂きました。マイクロチップは埋め込まれていません。恵大君のお仕事で迷い猫が多いと知り、先人に倣ってGPSタグを持たせたのです」

「あの黒いリボンか」

恵大は6の首元で煌《きら》めくチャームを思い返した。

窓の件では6がパニックになって窓から飛び出してしまった例もある。GPSがあれば恵大も植え込みを覗《のぞ》いて捜し回らずに済んだだろう。

「危険な場所に入ってるのか？」

その割に、引き返すと決めてから明はスマートフォンを一度も見ていない。代わりに時折、周囲を見回すような仕種をする。

徐々に速まる足が、分かれた前髪の下に汗を滲《にじ》ませた。

「タグの反応が消えました」

「付けたばかりで電池切れはないよな」

恵大は完全に空腹を忘れた。

故障かもしれない。猫が小一時間いないくらいで騒ぐまでもないとも思う。しかし、いつもは飄々《ひょうひょう》としている明の不安げな姿を前にして放っておける訳がなかった。

「帰って来た時の為に研究室の窓を開けておかないといけません」

「ゾーイは迷い猫の行動パターンを予測出来るんだろ。俺も猫捜しは慣れてる」

「はい」

「大丈夫。賢い猫だ」

教室棟を過ぎ、研究棟の桜並木が見えてくる。

辺りを暢気《のんき》に散歩していないだろうか。恵大が景色を広く見遣《みや》った時、桜の木の根元で反射する陽光を見付けた。

「明」

恵大が指差すと、明も気付いて歩を詰め、光を拾い上げる。

大きな手に載せられた、艶《つや》やかな黒いリボン。中間に金属製のチャームが付いている

が、表面をコーティングするガラスが割れている。

「高い所から落ちたみたいな……」

恵大が地面を、明が頭上を見上げた時、耳を劈《つんざ》く鳴き声が響き渡った。

「上です、恵大君」

反射の速度で振り仰ぐと、桜の木の細い枝の先で6がギャアギャアと鳴いている。

「降りられなくなったのか」

「あたし、レスキュー用のマットを借りて来ます」

「明」

止める間もなく、明が走り去る。

恵大は再び桜の木を見上げ、両手を広げてみせた。

「受け止めるから爪を引っ込めて飛び降りろ」

だが、6はひたすら鳴き喚《わめ》くばかりで聞く耳を持たない。恵大と目を合わせる事なく、

空に向かって吠《ほ》えているようにさえ見える。

（そう言えば）

恵大は内心で首を傾げた。二階の高さから落ちた程度で強化ガラスが割れるだろうか。ヒビくらいは入っても、あれほど粉砕されるとは余程打ち所が悪い。

「恵大君」

明が両腕にたたんだパラシュートの様な白い塊を抱えて戻る。後ろで数人の職員が右往左往しているが、まだ暫《しばら》くは追い付かなそうだ。

「そっちを持ってください」

白い塊を広げると中心に十字を描いた円盤と、その下を支えるエアバッグが展開した。電源を入れると電動で空気が送り込まれる。完全に膨らむには時間を要するが、猫一匹くらいなら円盤だけでも受け止められるだろう。

「6、ここだぞ」

恵大が呼びかけると、6は地面と空を見て別の枝に飛び移る。細い枝が上下に跳ねて折れそうだ。

「明、6の真下にずれるぞ。左に一メートル」

「エアバッグが膨らんできたので少し持ち上げます」

「せーの」

恵大と明が息を合わせて位置を調整した瞬間、視界を縦に横切る予想以上に大きな影。

腕に想像以上の重みが掛かり、危うく手を離してしまいそうになる。エアバッグがなければ支え切れなかっただろう。

「新家さん！　緊急時以外のマット使用は規則違反に——え」

追い付いて来た職員達が声を失う。

恵大も、おそらく明も、受け止めるのは黒猫だと信じて疑わなかった。

「う……」

マットの上に横たわり唸《うな》る。綺麗《きれい》に巻いた髪は見る影もなく、ティアードスカートが捩《ねじ》れて乱れる。

「美希さん」

何故、彼女が落ちて来るのだ。

恵大はマットに乗り上げて彼女の瞼《まぶた》を開き、呼吸と心拍を確かめた。

「救急車を呼んでください」

「私が」

職員の中にいた忍田がスマートフォンを操作する。6が枝伝いに着地して、明の足に擦り寄る。明が相好を崩す。

こちらは大丈夫だ。

「後を任せます」

恵大は美希を職員に預けて走り出した。

「恵大君、何処に」

「犯人を逃したら探偵の名が廃る」

明の呼びかけに振り向く間も惜しい。階段を駆け上がる。息が苦しい。それでも足は止めない。意地とプライドが恵大から諦《あきら》めの概念を奪っている。

行き当たった屋上の扉を迷いなく押し開けると、風圧が障害物を突き飛ばした。

息を切らして立ちはだかった恵大の眼前で、見知った学生が尻餅《しりもち》を搗《つ》いた。

「朝比奈さん、あなたが美希さんを」

彼は腰が抜けたように立ち上がれず、首を左右に振り回す。

地上から救急車のサイレンが屋上まで鳴り響いた。

「違う、オレは突き落としてない。美希先輩がフェンスの外に逃げて、ネットが風に煽《あお》られて先輩を押したんだ」

「逃げられるような行いをしたんですね」

「！」

恵大は段差を下りて屋上に立った。背後で明が扉を閉めた。

「違和感が拭《ぬぐ》えませんでした。紺さんは家族に負い目を感じてましたが、御家族の方は紺さんを疎ましく思ってません。引っ越したとしても和奏さんが新しい住所を知らせたでしょう」

ビル風がスーツの裾《すそ》をはためかせる。

「紺さんには、美希さんを待ち伏せする理由がない」

明の話を理解したつもりで、恵大はまだ何処か機械は正しいという古い時代の幼い信頼を塗り替えられていなかったのだと思う。

ひとつのインプットに対してひとつの命令を実行し続けるプログラムと異なり、ＡＩは間違える。

「ゾーイの仮説は整合性を目標に思考しますが、鏤《ちりば》められた点を繋《つな》ぐ線は一通りでなく、画面の外にある点は考慮されません。条件を絞り、仮説から選び、再考する必要があります」

明は悔しさを滲ませるでもなく淡々と事実を認める。

二〇四五年にＡＩは人類を凌《しの》ぐとされる推定が正確だとしても、現在は運用する人間に摑《つか》まり立ちをする子供なのだ。

とは言え、エラーの原因はゾーイの不完全さに限らない。

紺が外出着にしていたのは前開きのパーカーで、フードをかぶった姿は一度として目撃されていない。美希の思い込みと伝聞の不確かさ、パーカーとフーディーという分類の重複する服の名称が善意のヒューマンエラーを引き起こした。

『辻褄《つじつま》的に考えると』

答えありきで、辻褄の方を合わせに行ったのが誤りだった。

「僕達は解釈を間違えた」

恵大の手帳にはこう走り書きがある。

「一、黒フーディーの男性は彼女のバイト先を知りたい。二、但し尾行して後ろを歩き続けるのは避けたい。二つ目の条件は充分に考慮していない」

紺の存在を優先したからだ。

「条件って一体……」

「あなたの行動基準です」

朝比奈に答えて、恵大は手帳を閉じた。

「フードをかぶってわざわざ不審さを際立たせる不自然さが、目を逸《そ》らさせる為であったら？　一瞬のすれ違いを重ねるのも、気付かれ、確認する時間を与えない為。黒フーディーの男は美希さんの顔見知りだったとしたらどうでしょうか」

「不自然で不確かで、頭の良い方法には思えません」

「頭の良い方法だったとしても関係ない。犯罪は犯罪だ」

恵大が強く言い放つと、明が目から鱗《うろこ》が落ちたみたいに手の平を見つめる。

「成程。整合性の穴となるブラックボックスも、それ自体を条件に設定すればいいのか。制御が複雑になる分、仮想スペースを設定して矛盾を可視化。課題と人力の介入に一時開放して」

明がコンクリートの地面に胡座《あぐら》をかき、ブルゾンのポケットから折りたたみキーボードを取り出して膝《ひざ》をデスクにし、スマートフォンに接続する。

「あなたは佐藤さんのアルバイト先を知りたがった。知る欲求を満たす行動。犯人を支倉兄に押し付けて闇に紛れる事を選ばず、佐藤さんに魔手を伸ばした。人生に関与する支配欲に変質。ブラックボックスの発生は」

明が画面を凝視して処理を待つ。瞳《ひとみ》に白い画面が反射して、彼は視線を上げた。

「あたしの研究室に来た前後」

「つまり、途中で動機が変化した」

恵大が引き継いで朝比奈を見据えると、彼は地面に突いた手を腹の前に引き寄せて両の肘《ひじ》を摩《さす》り始めた。

「オレだけじゃなかった。家の中まで入る奴がいたんだと思った」

朝比奈から感じ取れる焦燥感が言葉を追うごとに激しさを増していく。

「あの後、ＳＮＳの裏グループに招待された。バスケ部の下級生が集められて、四年の先輩達が陰口とか噂話を自慢げに語るクズグループだけど、抜けたら自分が標的にされる。皆、付き合いでスタンプだけ返してた。でも、オレは」

「何があった……？」

恵大が尋ねる声は彼に届いているのだろうか。虚《うつろ》な双眸《そうぼう》は泳いで何物も捉《とら》えられずにいる。

「美希先輩の噂も書き込まれた。『思わせぶりで男子を振り回す』『大学内外に恨んでる奴が多い』『うちの部にも被害者がいる』『その内、刺される』『大学も把握してる』『天罰を待て』」

朝比奈の爪が肘に減《め》り込む。

「『どうせ未来はない』」

「見たいです」

明が立ち上がってズボンの砂を叩《たた》き落とす。

「こんなすぐバレる嘘吐かない。ちゃんとここに」

朝比奈はスマートフォンを操作して、次第に顔面を土気色に翳《かげ》らせた。

「ない。グループが消えてる」

「ええ……」

不満げな明に追い詰められて、朝比奈が縋《すが》るように恵大の方へ身を乗り出した。腰が抜けている所為《せい》で重心が傾いて地面に倒れ込む。肘を突いた朝比奈の手がスマートフォンを取り落とし、恵大の足元に転がった。

拾い上げて見ても、話に聞いたようなグループは存在しない。

「あったんです。さっきまで確かに。オレが蹴《け》られたのかもしれない」

恵大は左膝を折って、スマートフォンを朝比奈に返した。

「信じるよ」

「探偵さん……」

「但し、美希さんには事情を話す。彼女の決断を尊重して欲しい」

「裏グループの事も」

「伝える」

情状酌量されるかは美希次第だが、事実ではあるのだろう。バスケットボール部員に聞けば裏を取れる。朝比奈が複数のアカウントを作って自作自演する事は可能だとしても、言い逃れの材料ならば証拠として残さなければ効果が弱い。

「ありがとうございます。美希先輩を受け止めてくれて、本当にありがとうございます」

朝比奈が額を地面に付けて、厚い肩を震わせた。

🐾

恵大に付き添われて、朝比奈が屋上から下りて来る。

耳を澄まして職員との会話を盗み聞きすると、美希の落下現場に居合わせた、落ちた事自体は事故だと話しているようだ。

言い回しに含みを感じるが、職員は言葉通りの意味より深読みする気はないようで、朝比奈の身も気遣って保健室での聞き取りを提案している。

寧《むし》ろ、職員に叱られたのは明の方だった。

「優秀な学生の新家さんが……変だと思いました。人が落ちそうだと最初から言ってもらえますか」

「猫は落ちてもいいと仰《おつしや》るのですか？」

仕方のない人だ。

アタシは込み上げる笑みを口角で抑えた。が、くすぐったい心地はいつまでも続かなかった。

背筋の毛が逆立つ。雷が落ちたみたいに足の裏から電気が這《は》い上がって、髭《ひげ》の付け根がチクチク疼《うず》く。鼻を衝《つ》く悪臭が鈍痛となって嗅覚《きゆうかく》を麻痺《まひ》させた。

「新家さんのあんな顔、初めて見た」

身を翻す間もなく覆い被せられたのは、空気の抜けかけた硬い布地だ。

「あなたはあの人に必要ない、害獣です」

四肢の自由が奪われ、全身が圧迫される。排出孔から漏れ出す空気で窒息を免れても、骨が軋《きし》む痛みが残酷に意識を刈り取った。

🐾

体育祭の後片付けの様な、気怠《けだる》い夕暮れが喧騒《けんそう》を鎮める。

マットが片付けられて、職員が撤収すると、恵大らはすっかり日常の風景に溶け込んだ。彼らに奇異の目を向ける学生がいなくなって、安寧で心が晴々とする。

「6。ろーく」

明が桜並木の陰に呼びかけて回る。

「スマホでも使えるんだな」

恵大が何の気なしに言うと、明は数秒経て思い当たった様子でスマートフォンを右手に取り、親指で画面に触れてみせた。

待受画面に日向《ひなた》で眠る6の写真が表示される。

「処理能力の低い簡易版です」

「簡易版ゾーイにすら、いい所を持って行かれた」

「変則的な尾行の意図を明かしたのは恵大君でした。ゾーイに人間の頭が悪い――失礼、不合理な行動は想像出来ません」

注意された部分を改める努力は買おう。恵大は腰に手を当て、首を左右に傾けた。気を張っていた為だろう、身体が凝って酸素が行き渡っていない感覚がする。

「犯人は確定してた。あんなの後付けのお為ごかしだ」

逮捕の過程で動機は手がかりになるが、逮捕後に動機を明かしても名探偵とは呼ばれまい。

「そうかなあ。学習は似た状況に応用が利くじゃないですか」

「凡例にするには特殊過ぎるだろ」

少なくとも恵大の人生、二十七年間では経験がない。恵大は眉《まゆ》を下げて笑みの形に口を開けたが、笑い飛ばす声には至らなかった。

脳で停止信号が明滅している。

「手口が似てる」

声に出した途端、取り返しの付かない悪魔を喚《よ》び出したかのような怖気《おぞけ》がして、恵大は口元を手で覆った。

「過去の事件ですか?」

「大学宛てに送られた、明を告発するメールと」

恵大は手帳に挟んだ四つ折りの用紙を逸《はや》る気持ちで手荒に開いた。固い折り目が煩わしい。

メールは事務局のアドレスから転送されている。

『瀬橋大学。学内違反者、新家明を告発する』

上級生に対する攻撃的な言動。

共用設備の独占。

研究費の使い込み。

不透明な出資金。

動物の飼育。

これだけの罪状を並べられているにも拘《かかわ》らず、明と話す職員の態度は問題児に対するそれでは到底なかった。

大学に有益だから胡麻《ごま》を擂《す》るという風でもない。

知らない。その方がしっくり来る。

「明」

「はい」

「占いに来た学生の中に知り合いはいた？」

「6に構っていた人は同じ一般教養の授業を取っているらしいです。あたしが覚えていなかったのでこっ酷《ぴど》く怒られました」

「サークルは、流石に知らないか。大学配布のメールアドレスが学籍番号だったりしないか？」

「連絡を取りたいという意味ですか？」

「なるべく早く」

恵大が性急さを厭《いと》わず確認を急ぐと、明は魔法でも唱えるかのような指運びで、ツツジの植え込みを差した。

「さっきの騒動を遠巻きに眺めていました。友達と連れ立って売店の方へ歩いて行ったので、運が良ければいるかもしれないです」

「案内を頼みたい。最悪の想像が想像で済まなかった場合、メールの差出人が6に危害を加える恐れもある」

「分かりました」

明は突き詰めて訊《き》く事はせず、長い足で風の様に歩き出す。彼を脅かしたい訳ではないが、告発文はあの一行だけ浮いている。

恵大は天に祈る思いで並走した。

瀬橋大学の売店は、コンビニエンスストアが丸ごと移築されたような造りをしていた。商品棚にレジ横のホットスナック、イートインスペースもある。街の店舗と異なるのは、雑誌棚に教科書と参考書も並んでいるところくらいだ。

明が先に入り、その長身で店内を見回す。彼は無言で恵大と目を合わせ、視線をイートインスペースに誘導した。

白い丸テーブルでアイスと雑談を楽しむ四人の中に、フルバングの学生がいる。

恵大は狭い棚間の通路で身体を横にして明を追い越した。

「お話し中、失礼します」

「誰？」

「新家先輩の研究室にいた人」

明の記憶に憤るだけあって、彼女は恵大の顔を一度で覚えたようだ。友人三人がシリアルコーナーに明を見付けて腑《ふ》に落ちた顔をする。

「教えてください。彼の占いの話は誰から聞きましたか？」

「学生課の職員さんです。私達がここで占い雑誌を読んでいたら、新家先輩のＡＩは高性能で未来を言い当てるのも訳ないらしいと話しかけられました」

恵大の喉《のど》がひり付く。

「これから学生課に同行して、どの方か思い出して頂く事は可能ですか？」

「てか、首から職員証下げてたよね」

「見た見た。何だっけ——」

フルバングの学生の記憶力は、実に優れていた。

「忍田さん」

悪い想像がひとつ、現実を侵蝕《しんしょく》した。

7

人の疎《まば》らになった事務室は、一部を除いて灯りが落とされた。職員の定時帰宅を促すと同時に、時間外に手続きを求める学生を門前払いする優良な職場だ。

薄暗い部屋にモニターの光が白い顔を浮かび上がらせる。

知的な瞳《ひとみ》に映る画面はメールアプリだ。

最新の着信メールを確認して、目を疑った事だろう。

差出人『新家明』、件名は『瀬橋大学事務局様。自主退学についての相談』。

返信を打つ手は恐ろしく速かった。また、返信が来ると、今度は短い文章を送り返して席を立つ。

暗い廊下を焦る足音が走る。教室棟は何処も無人で廊下に非常灯が点《とも》るのみだが、研究棟が近付くと多くの窓が煌々《こうこう》と照り、淡い星を夜空に隠した。

集積分析研究室、サーバールームの分室に人気《ひとけ》はない。

扉の暗いガラス窓に貼り紙がされて『御用の方はこちら』と右向きの矢印が書き添えられている。躊躇《ちゅうちょ》したのは一呼吸の間、小振りな拳《こぶし》が隣室の扉をノックした。

「失礼します。学生課から伺いました」

「どうぞ」

窓辺で教授の椅子が回転して、明が家主面で客人を出迎えた。

「新家さん。祢津教授は御不在ですか？」

「研究室の皆で居酒屋に行きました。あたしは未成年なのでお留守番です」

「そうですか」

「御足労頂いてありがとうございます、学生課職員、忍田さん」

「……私の名前」

彼女がテーブルの傍で足を止める。

恵大は自然と閉まりかけた扉を押さえて、細く隙間を保ちドアストッパーを噛《か》ませた。

明の背の窓も僅《わず》かに開いて、時折、春の夜風を招く。

「御心配なく。廊下に人の気配が近付いたらお知らせします」

互いの身の安全確保を目的として、密かに録音アプリも起動しておく。

「どうしてここに探偵が」

忍田があからさまに警戒して明の方に立ち位置を寄せる。

「あたしが口下手だからです。代わりにお話ししてもらいます」

「退学の相談を？」

「事と次第によってはそうなっていました」

恵大はロッカーにスマートフォンを伏せて置き、四つ折りの紙を広げて掲げた。

「このメールを送ったのはあなたですね、忍田さん」

「ええ、そうです。事務局宛てに届いたメールを新家さんに転送しました」

忍田が分かりきった答えをなぞるように綽然《しゃくぜん》と答える。

恵大は手強《てごわ》さを素直に認めた。

「あなたは賢い人です。誰の視点ではどう見えるか、実行すべきか、フェイクにすべきか、よく練り上げられています」

「学生の進退に無関係な御相談は受けかねます」

「あなたの言う『学生』は、新家明に限定されるんですか？」

「何を馬鹿な事を」

忍田が反駁《はんばく》して、明の反応を気にする。相変わらずの無表情は彼女を落ち着かせたようだ。忍田が会釈をして、手近な椅子に腰を下ろした。

「学生課は学生の学校生活を助ける課です。部外者は対象外です」

「佐藤美希さんはれっきとしたセバス生です」

恵大は微《かす》かに挑発の色を含ませて、忍田の整えられた眉《まゆ》が揺れ動くのを観察した。

「それが何か」

「佐藤美希さんが霊感で悩んでいると伝えた時、あなたは佐藤美希さんが占いに頼った事を『眉唾《まゆつば》なトラブル』と呼び、『本校の学生が巻き込まれる事態は看過出来ない』と新家明を心配しました」

「両方です。霊感も占いも眉唾ではないですか」

「でも、学生にAIの占い活用を勧めたのはあなたですよね？　忍田さん」

「へえ」

明の感嘆に近い声音が忍田の肩を強張《こわば》らせた。

「覚えていません。何処かでその場の話題に合わせてそんな使い方も出来るかもと言ったのでは？　それを言質と取られるのはどうかと思います。第一、素晴らしい発明が民間に認知されるのは喜ばしい事ではありませんか」

後半は明への弁明に聞こえる。

「そうですね。あたしの研究は万人が使える事を完成目標にしています」

「今後は安易に会話に乗らないよう留意いたします」

忍田が低頭すると、三つ編みが膝《ひざ》に付く。しかし、論点はそこではない。

「新家明の評判を上げるつもりが、予想外の大事に発展した上、想定外の問題を呼び込んでしまいました」

「世間話です。事が心霊に及ぶとは思いもよらず」

「あなたは『眉唾なトラブル』が邪魔になりました。彼女に強い好意を寄せる後輩がいる事は難なく知れたでしょう。そこで、一計を案じました」

「私が？」

　恵大は黒目だけで頷《うなず》いた。

　ここから、彼女の行動は応援から一線を超える。

「SNSに裏グループを作り、バスケ部の四年生を装って同下級生を招待します。学生課では全員のメールアドレスが手に入るから簡単です。様々な噂でカムフラージュをして、佐藤美希の悪評を流しました。噂がグループ外に広まって彼女が追い詰められるも良し、そうすれば心霊現象どころではなくなります」

「根も葉もない中傷です」

　忍田が明に訴えかけるのを無視して、恵大は話を継いだ。

「結果は思った以上に効果的に働きました」

　切羽詰まった朝比奈の行動が常軌を逸する事は、忍田の計算に入っていたのだろうか。彼女の思考を証明する術《すべ》はない。だが、行動は残滓《ざんし》を刻む。

「とてもよく似た手口を他でも見ました」

「あなたの妄想では？」

「新家明の告発メールです」

「私は関係ありません」

忍田の拒絶が次第に一辺倒になっていく。

頭ごなしに論破しても意味がない。恵大が求めているのは彼女の共感だ。認識の共有が欠けた現実は虚構に等しい。

恵大は四つ折りの紙をテーブルに置いて、数歩退《さ》がった。

「新家明に送られたメールを印刷したものです。差出人は瀬橋大学事務局とありますが、実際に使われている事務局のメールアドレスと一字違いでした」

IPアドレスは校内から送信する限り同一だから、海外サーバーを経由するなどの細工は不要である。VPNに偽装した適当なIPで白を切れば事足りる。

「窓の件で通報した時、現場にいたのも忍田さんでした。警察に告発メールの話はしない方がいいと止めたそうですね」

「私は新家さんの将来を思ってアドバイスしたに過ぎません」

「裏グループも佐藤美希さんの落下事故後、削除されました。共通点は警察に見られると不都合が生じるところでしょうか。いいえ、大学内とまでは絞れても、個人は特定出来ないよう徹底されています」

「周到さが共通点だと言うのですか？　随分と広範囲ですね」

「僕が注目したのは、限られた人物しか見られないという点です」

離れた階段の方で話し声が聞こえて沈黙する。恵大は廊下に静寂が戻るのを待って再開した。

「裏グループチャットは朝比奈を含めた下級生に見せる為。それでは、告発メールを見せたかった相手は誰でしょうか。大学はメールの存在を知らず、差出人は存在しない。読んだのは転送された新家明だけです」

「お話になりません」

忍田が顔を背けた先に、明がいる。

「あたしに嫌がらせをしたかったのですか？」

「！　滅相もない。私は新家さんの研究を尊敬しています」

彼女の全霊の否定が嘘偽りない本心だと物語る。明が首を傾げる。

「恵大君。あたしの研究を尊敬する人が、あたしの研究を貶《けな》しますか？」

矛盾した行動、相反する感情。

恵大もそれらを体系化して説明出来る自信はない。人間の複雑さは他に比類なく、容易に制御不能に陥るものだと知っている。

けれど始まりは多分、大勢が持つ小さな願いだ。

「新家明はあなたを見ません」

「え……」

忍田が瞼《まぶた》を押し開いて目を剝《む》いた。

「彼の視界に入れない。関心の対象になれない」

「学生課の職員は学生のサポートが仕事です。個人的に関わる立場にはそもそもありません」

「それにしても、新家明は他人に興味がなさ過ぎです」

恵大が呆《あき》れた白眼を向けても明自身はきょとんとしている。忍田の方が余程、痛い所を突かれたみたいに苦しげだ。彼はこんな風だから、正攻法では記憶に残る事さえ望めないのだろう。

「でも、過激な言葉を使って漸《ようや》く振り向かせる事が出来た」

存在を知ってもらえる多幸感。

「それが告発メールの真意ではないでしょうか」

恵大の推理に、忍田はすぐには反論しなかった。

瞬《まばた》きが増え、眼球が巡る。唇を薄く開いては俯《うつむ》き、前歯に人差し指の甲を押し付ける。押し黙る、探す言葉の手がかりもないというように。

「正確には、あたしが見ているのはメールの文面であなたではないと思うのですが。差出人不明なので注目しようがありません。仮想敵を作って味方ポジションを獲得するにしても、大前提の好感度以前の認知度が――」

「明、そこまで」

彼が犬なら恵大は五秒前にステイと命じてリードを絞っている。

明が示すのは疑問であって嫌悪ではない。忍田が告発メールの差出人候補に浮上して尚、興味を持っていない。

(報われない)

恵大は迷っていた。この話は明のいない場所でするのが穏便だと解っていた。

忍田に共感は出来ない。忍田から肯定を得た手応《てごた》えもない。恵大の推理と忍田の真実の間には共有に抗《あらが》う壁がある。

けれど、

(多分、おそらく)

直感が背を押す。この話は今した方がいい。

恵大は扉の前を離れ、明が座る教授の椅子の傍らに移動した。春の夜風が恵大の項に触れ、脳の熱を奪ってくれる。思考に冷静さが生まれる。

「告発メールは複数の罪状を列挙しました」

恵大は手帳を確認した。一言一句、万全を期す。

「上級生に対する攻撃的な言動。共用設備の独占。研究費の使い込み。不透明な出資金。これらは事実と異なっており、明は否定する事が出来ます」

明を攻撃しながら、隙を作って逃げ道を用意した。悪意の権化たる事実無根の誹謗《ひぼう》中傷が、好意から発生する稀有《けう》な例だ。

忍田がカタンと椅子を引いた。彼女は横目で扉の隙間を見遣《みや》り、視線を下げてドアストッパーを捉《とら》える。

「しかしながら最後の項目、動物の飼育は事実です。悪臭や器物損壊、人的被害などいくらでも誇張出来ました。が、しなかった。この一文だけは純粋に6の存在を罪として糾弾しています」

腰を上げかけた忍田の動きが止まる。

恵大は腕を前に突き出して、手の平で忍田を指し示した。

「6の排斥を願う、純然たるあなたの敵意です」

俄《にわ》かに強風が吹き込んで、ブラインドが翻り、耳障りな噪音を鳴らす。

忍田が半身を返して扉を目指そうとしたが、明が立ち上がる方が早かった。

「6に何かしたのですか?」

ザワザワと春の嵐が唸《うな》る。

明がゆっくりと前のめりになるのを、恵大は背中で牽制《けんせい》した。長身の彼に押し切られたら恵大では歯が立たないだろう。

明確な敵対心。静かだが恐ろしい剣幕に晒《さら》されて、忍田が両膝《りょうひざ》を突いた。

彼女が欲しかったもの。

明は今、忍田を視界の中心に据えている。

「そんな顔もされるのですね」

絶対者に心酔する崇拝者の様に、忍田は恍惚《こうこつ》とした表情で緩く合わせた両手を胸元に当てた。

8

壁一面造り付けの本棚に木製の梯子《はしご》が掛かっている。本棚は中央にアーチを渡した穴が空いており、二人掛けのソファがぴったり収まる。

足元に敷いたアザミ柄の絨毯《じゅうたん》は紺色に青い糸で刺繡《ししゅう》されており、優雅だが落ち着いて上品だ。ローテーブルは置かず、ソファから手の届く位置に小さな丸テーブルと半円の棚を用意した。

格天井《ごうてんじょう》から吊《つ》られた電灯はシンプルな三連笠《がさ》。ステンドグラスの美しいスタンドライトとデスクライトが照明を柔らかく助ける。

昼は陽光が充分に入る窓の真下にデスクを置いて、窓周りに小さな額縁を五つ飾った。三つは思い出を切り抜いた風景写真、二つは美術館で買ったポストカードを収めている。

机に向かう肘《ひじ》掛け椅子は恵大がデスクワークをする為のものだが、今は扉の方を向いており、緑の座面に黒猫がちょこんと座っていた。

「6」

明が安堵《あんど》に背を丸める。

「瀬橋大学の学生さんが大学の人に頼まれたと言って連れて来たのよ」

雅乃が優しい顔に疑問符を浮かべて頬に手を添えた。

「僕が預かって連れて帰るという話が、何処かで錯綜《さくそう》したようです」

「そうだったのね。明さんもゆっくりしていらして。お二人にフォンダン・ショコラと、6さんにもクッキーをお持ちします。お砂糖とチョコレート抜きで」

「長門さん、ありがとうございます」

雅乃は朗らかに笑って扉を閉め、階段を下りて行った。

忍田にとって、明の研究の妨げになる全てが悪しき存在だった。猫を連れ去った彼女がどんな危害を加えるか不安ではあったが、明から引き離して満足したらしい。蓋《ふた》を開けてみれば、ショコラティエ長門ほど手厚く保護される場所もない。

「ここが恵大君の探偵事務所なんですね」

「まあね」

「居心地がいいです。入り浸りたいくらい」

「やめてくれ」

恵大はベルベットの脚付きソファに腰を沈めた。ようやっと生きた心地がする。

明が手を差し出すと、6が甘えるように鼻筋を擦り付ける。長い指が毛並みに沿って顎《あご》を撫《な》でると、6が目を細めて喉《のど》を鳴らした。

「今日は不思議がいっぱいでした。好感を持つ相手に嫌悪される事をする。理解不能です。まあ、あたしに好感を持つ時点で意味が解りませんが」

我が道を行く彼である。自信に満ち溢《あふ》れているのかと思いきや、自己評価は高くないようだ。他人に興味がないから、他人の評価にも関心がないのだろうか。

恵大にとっては彼の方が未《いま》だ謎深い。

「君にバレないよう保険を掛けていたと思うけど」

「でも整合性が……」

「いいか、明」

恵大は両手の指を膝《ひざ》の上で組み合わせ、真摯《しんし》な声音で表情を引き締めた。

「筋の通った分別ある人間は、犯罪に手を染めない」

「成程、道理です」

明が真顔で納得する。彼は6から離れて本棚に視線を転じた。

人は他人に関わる程に見識が広がる。未成年の彼はこれから多くの人と出会い、人間と多様な心を知っていくだろう。

往年の名探偵達は決して社交的ではなく、推理力に絶大な才能を誇っていた。

「明の方が、探偵に向いてるのかもしれないな」

「はい？」

振り返られて、恵大は思考が口から溢れていた事を自覚した。

(弱気になるな)

どんな理想も願わなければ叶《かな》わない。

恵大は左右の手で頬を叩《たた》き、清々と明と対峙《たいじ》した。

「俺は名探偵になる。負けないからな」

「あたしはどちらかというと助手ですね。ゾーイの」

言って、明が探偵事務所を見回す。彼はうんと頷《うなず》いて、口の両端を少し上げた。

「恵大君の助手になってあげてもいいですよ」

「え」

考えも及ばなかった提案に恵大は戸惑い、たじろいだ。

探偵の助手。憧《あこが》れの探偵達の傍には必ずいる、伝説の生き証人である。

「恵大君がいてくれたら、ゾーイが育つ事間違いなしですからね」

「……それ、給餌《きゅうじ》係じゃないのか？」

恵大が怪訝《けげん》がる後ろでノックが聞こえて、扉が開く。

「さあさあ、温かい内に召し上がってください」

「運びます」

明がスマートフォンをデスクに置き、空いた両手で雅乃のトレイを引き受ける。雅乃がテーブルに菓子とティーカップを並べてくれるので、恵大は手を拱《こまね》いて立ち上がるだけ立ち上がった。

探偵のデスクで、6が悠然と椅子に座っている。

6がいなければ赤い液体が撒《ま》かれた証拠は見付からなかった。空を見上げる事もなく、マットは間に合わなかっただろう。思えば、事件現場近くにいた事もあった。

腹に白い汚れを付けて、まるでエンジェルマークの様に。

「実は君が一番、名探偵なのかもしれない」

「ニャアオ」

「――なんてな」

恵大が冗談めかして笑うと、6が前脚を突き出して伸びをした。

本書は書き下ろしです。
この作品はフィクションです。実在の人物、団体等とは一切関係ありません。

黒《くろ》猫《ねこ》とショコラトリーの名《めい》探《たん》偵《てい》

高里《たかさと》椎奈《しいな》

令和6年 10月25日　初版発行

発行者●山下直久

発行●株式会社KADOKAWA
〒102-8177　東京都千代田区富士見2-13-3
電話　0570-002-301（ナビダイヤル）

角川文庫 24370

印刷所●株式会社暁印刷
製本所●本間製本株式会社

表紙画●和田三造

ISBN 978-4-04-115414-4　C0193

◇◇◇

角川文庫発刊に際して

角川源義

第二次世界大戦の敗北は、軍事力の敗北であった以上に、私たちの若い文化力の敗退であった。私たちの文化が戦争に対して如何に無力であり、単なるあだ花に過ぎなかったかを、私たちは身を以て体験し痛感した。西洋近代文化の摂取にとって、明治以後八十年の歳月は決して短かすぎたとは言えない。にもかかわらず、近代文化の伝統を確立し、自由な批判と柔軟な良識に富む文化層として自らを形成することに私たちは失敗して来た。そしてこれは、各層への文化の普及滲透を任務とする出版人の責任でもあった。

一九四五年以来、私たちは再び振出しに戻り、第一歩から踏み出すことを余儀なくされた。これは大きな不幸ではあるが、反面、これまでの混沌・未熟・歪曲の中にあった我が国の文化に秩序と確たる基礎を齎らすためには絶好の機会でもある。角川書店は、このような祖国の文化的危機にあたり、微力をも顧みず再建の礎石たるべき抱負と決意とをもって出発したが、ここに創立以来の念願を果すべく角川文庫を発刊する。これまで刊行されたあらゆる全集叢書文庫類の長所と短所とを検討し、古今東西の不朽の典籍を、良心的編集のもとに、廉価に、そして書架にふさわしい美本として、多くのひとびとに提供しようとする。しかし私たちは徒らに百科全書的な知識のジレッタントを作ることを目的とせず、あくまで祖国の文化に秩序と再建への道を示し、この文庫を角川書店の栄ある事業として、今後永久に継続発展せしめ、学芸と教養との殿堂として大成せんことを期したい。多くの読書子の愛情ある忠言と支持とによって、この希望と抱負とを完遂せしめられんことを願う。

一九四九年五月三日

雨宮兄弟の骨董事件簿《アンティーク・ファイル》

高里椎奈

訳アリ兄弟と世話焼き刑事の骨董ミステリ!

潮風香る港町、横浜の路地裏に佇むダークブラウンの小さな店、雨宮《あまみや》骨董店。才能豊かな若きディーラー・雨宮陽人《はると》が弟と共に切り盛りする店だ。しかしこの兄弟、生活能力に欠ける所があり、陽人の友人で刑事の本木匡士《ほんもくきょうじ》が面倒を見ている。ある日、匡士が店を訪れると、陽人が女子高校生二人組に依頼され、カメオの鑑定の真っ最中だった。陽人が買い取りを拒否し、二人は立ち去るが、直後、付近で高価なカメオの盗難事件が発生し……!?

角川文庫のキャラクター文芸

ISBN 978-4-04-112949-4

ISBN 978-4-04-113679-9

私立シードゥス学院

小さな紳士の名推理

高里椎奈

仲良しトリオの寄宿学校ミステリ！

選ばれし小紳士達が集う全寮制の学舎、私立シードゥス学院。13歳から17歳までの生徒が5つの寮に分かれ寝食を共にする。《青寮《カエルレウム》》1年生の仲良しトリオ、獅子王《ししおう》・弓削《ゆげ》・日《ひ》辻《つじ》は時に他寮の生徒や上級生と衝突しながらも穏やかな生活を送っていた。しかしある日、宿舎で教師の殺人未遂事件が起こる。上級生の証言により、獅子王に疑いがかけられ——？「何人たりとも、学院の平和を乱す者は許さない」優雅な寄宿学校ミステリ、開幕！

角川文庫のキャラクター文芸

ISBN 978-4-04-109871-4

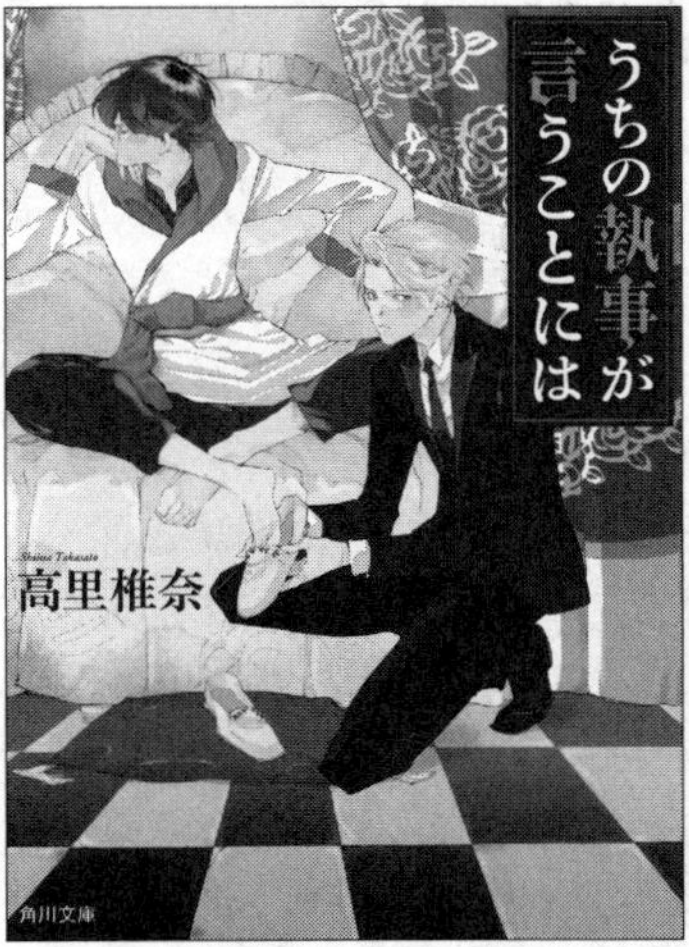

うちの執事が言うことには

高里椎奈

半熟主従の極上ミステリー！

日本が誇る名門、烏丸《からすま》家の27代目当主となった花穎《かえい》は、まだ18歳。突然の引退声明とともに旅に出てしまった父親・真一郎《しんいちろう》の奔放な行動に困惑しつつも、誰より信頼する老執事・鳳《おおとり》と過ごす日々への期待に胸を膨らませ、留学先のイギリスから急ぎ帰国した花穎だったが、そこにいたのは大好きな鳳ではなく、衣更月《きさらぎ》という名の見知らぬ青年で……。若き当主と新執事、息の合わない《不本意コンビ》が織りなす上流階級ミステリー！

角川文庫のキャラクター文芸

ISBN 978-4-04-101264-2